NHK俳句

夏井いつきの俳句道場

NHK出版

はじめに

「むずかしい俳句に挑む」というテーマにそそられて始めた月刊「ＮＨＫ俳句」テキストの連載。募集句を素材として「むずかしい俳句」へのアプローチを分析する企画なのだが、いざ連載を始めてみると、うーむ……と考え込むことばかり。多数の投句を前に何度も途方に暮れた。

例えば、「おいしそう」に詠《よ》むというテーマ。日頃から「食べ物の季語はおいしそうに詠みたいね」なんて安易に言ってきたが、「食べ物を詠む」と「おいしそうに詠む」とは全く違うことに気づいた。「おいしそうに詠む」とは、思わず唾《つば》がでてしまう＝味覚という名の肉体反応を言葉で呼び起こすことなのだと分かる。こりゃ大変なハードルだと絶句し、選句の手が止まる。

「不気味」を詠むのテーマにも手を焼いた。多種多様な投句を一つ一つ読んでいくと、「不気味」という概念が分からなくなってくる。辞書には「何となく不安で恐ろしいさま。気味の悪いさま」と書いてあるけど、「不安」と「恐ろしい」と「気味の悪い」はどう違うのか。混沌《こんとん》としてくる。

が、その一方で、ファイティングな気持ちも生まれた。こんな格闘技みたいな連載をよくも続けたものだと、苦笑いと満足が入り混じる。

　今更言うことでも無いが、私は議論のための議論の類を好まない。具体的に、言葉の一つ一つの働きを分析するのが楽しい。言葉が、脳を通じて、映像を結んだり、匂《にお》いや手触りを再現したりするメカニズムに深い興味をおぼえる。そういう意味で、まさにやりたい事をやらせてくれた連載でもあったのだと、編集部に感謝する。さらに考えてみたいテーマも宿題として、私の中にリストアップされた。それもまた有難い。

　そして、もう一つ。江戸家《えどや》小猫《こねこ》さんとの対談を計画してくれたのも編集部だ。小猫さんの研究心や好奇心には、毎回刺激を頂く。生き物の現場に足を運ぶこと、観察すること、己の耳をちゃんと使うこと、聞いた音をリアルに変換する工夫。これらは、俳句を作る私たちこそが肝に銘じるべき事柄だ。

　さあ、ここからは読者諸氏の出番だ。一つ一つのテーマを読み飛ばさず、自身が詠むことに挑んでいただきたい。がっぷり四つ、この本と格闘して頂けたら、これぞ著者の本望というヤツだ。心から健闘を祈る！

夏井いつき

目次

本書は、ＮＨＫテレビテキスト「ＮＨＫ俳句」（２０１８年６月号〜２０２０年３月号、２０２０年11月号、２０２１年６月号・ＮＨＫ出版刊）に掲載した記事を元に、新たに加筆・再編集して構成しています。基本的に常用漢字を使用し、適宜ふりがなをふっています。ふりがなは新かな遣いとしています。また引用句の表記は文献によって異なる場合があります。

装幀　児崎雅淑（芦澤泰偉事務所）

イラスト　Ⅰ 石倉ヒロユキ（レジア）
Ⅱ 安斉 将

写真　半田菜摘
西 教生
江戸家小猫

編集協力　江戸家小猫
八塚秀美（夏井&カンパニー）
篠崎ふみ（夏井&カンパニー）
西 教生
成合明子
神谷陽子

協力　夏井&カンパニー

校正　青木一平

ＤＴＰ　天龍社

Ⅰ 俳句道場

むずかしい俳句に挑む

「詠《よ》むのがむずかしい」とされるテーマや季語。
そのハードルをいかに乗り越えるか。
「ＮＨＫ俳句」テキストに寄せられた投句から
その攻略法を読み解きます。
「その手があったか！」と挑戦する勇気がわく
俳句道場へ、いざ入門あれ！

俳句界のタブー⁉「孫」らしさとは！

俳句界のタブーと言われることの多い「孫俳句」だが、「なぜ孫俳句がいけないのか、難しいのか、分かりません」という声が多数寄せられた。中には、「私の孫俳句を句会で先生に注意された。孫のいない先生のねたみか」という極端なコメントもあったが、それはね、きっとその孫俳句が下手だったからに違いないと、私は思うよ（笑）。

孫ほど可愛い生きものはない。それを詠《よ》みたい気持ちに蓋《ふた》をする必要はない。が、孫俳句を詠みたい我々の前に立ち塞《ふさ》がるハードルがある。第一のハードルは、孫を自慢したい心。うちの孫は「凛々《りり》しい」「可愛い」「賢い」の連発は、まるで一人カラオケの陶酔ぶり。これでは読者はついてきてくれない。

第二のハードルは、ベタベタの類想。「来るのが待ち遠しい」「帰ったあとの部屋が広い」「入学した」「卒業した」「七五三」「雛《ひな》祭り」「孫誕生の知らせ」「孫がもうこんな歳」等がてんこ盛り。しかもそこに描かれる孫たちは、日本中のどの家のどの孫に当てはめても、おおよそ適用できるというシロモノ。これでは詠まれた孫本人も喜んではくれない。

これらのハードルを越えるための方策を、入選作品を例に考えてみる。まずは第一のハードル。孫の自慢をさらりと俳句にするには、具体的に描写するのが一番嫌みのない方法だ。〈**中飛車《なかびしゃ》で孫も指しくる蟬時雨《せみしぐれ》**　工藤晴美〉お、なかなかやるな。〈**若竹や吾《あ》を抱き上ぐる孫の丈**　岩崎弘子〉なんと頼もしいことか。〈**あたたかや孫の指揮棒踊りだす**　みなと〉学芸会か文化祭か、指揮者デビューの社会人の孫か、と読み手は「孫」の様子をありありと想像し始める。

第二のハードルは、うちの孫らしさを探ること。誉めるだけが孫俳句ではない。〈**墓洗う孫イヤホーンとらぬまま**　飛田兼延〉中高生になると、どこも同じですなあ。〈**爺に**

似て強情っぱりめ青嵐　加藤　哲〉血は争えませんな。孫の生々しいドキュメントこそが、うちの孫らしさなのだ。

　これらのハードルを飛び越えた先に現れるのが第三のハードル。「孫らしさを出そうとするが、どうしても物足りない」という悩みも沢山寄せられた。が、ちょっと立ち止まってみよう。一読、孫か吾子か他人様の子か分からないが、孫との体験が強い印象をもって心に刻まれたに違いないと感じ取れる句もある。〈**空港に小さき帽子を探す夏**　薄荷光〉人混みに見つけた時の嬉《うれ》しさ。〈**噴水の破《わ》れて周りは人さらひ**　七瀬ゆきこ〉孫のお守《も》りはハラハラ。〈**ヒーローにアンパンマンの毛布掛く**　とべのひさの〉さっきまで遊んでたのにこの寝顔の可愛さ。孫らしさが少々足りなくても、そこに強いリアリティがあれば作品として生き残っていく。作品が生き残れば、そこに詠まれた孫との記憶も生き続ける。俳句はそれでよいのではないか。

　さらに入選作品から学んだのは、孫がいないから孫の句が詠めないという考えは勿体《もったい》ない、ということだ。〈**よく柿食ふとなりの孫やたまに来る**　亀田荒太〉〈**孫のなきことをうべなふ春の星**　木原　登〉飄々《ひょうひょう》と切々と、「孫俳句」の可能性は広がる。怯《ひる》まずに、この面白い句材に挑みたい。

「孫」を詠む

一席

すっぽんと大根抜けた孫できた

兵庫県　あまぶー

「すっぽん」と「大根」が抜けた快感と「孫できた」喜びがあっけらかんと取り合わせられた愉快。孫ゆえの気楽さの「すっぽん」か。

二席

ホトトギスあんな無頼《ぶらい》が孫持って

長野県　花屋

「あんな無頼」とは愚息《ぐそく》か、近所の悪童か。「孫持って」という何十年分の感慨に「ホトトギス」の甲高い声が響く。呆《あき》れとも安堵《あんど》とも。

三席

噴水の破れて周りは人さらひ

三重県　七瀬ゆきこ

孫を預かった日の一句だというが、孫という存在を飛び越えて普遍的な詩を獲得。誰もが「人さらひ」に見える日の「噴水」が眩《まぶ》しい。

秀作

中飛車で孫も指しくる蟬時雨　熊本県　工藤晴美

不覚にも孫抱きにけり春隣　兵庫県　投石ふみ

墓洗う孫イヤホーンとらぬまま　神奈川県　飛田兼延

葡萄狩《ぶどうがり》甚六《じんろく》われに孫九人《くたり》　沖縄県　晧駄

孫の名の決まりて妻は夕端居《はしい》　千葉県　安達健治

武器持たぬ孫の二の腕林檎《りんご》捥《も》ぐ　東京都　杉原シマ

若竹や吾を抱き上ぐる孫の丈　京都府　岩崎弘子

春隣初孫はまだ六センチ　東京都　伊東澄子

あたたかや孫の指揮棒踊りだす　北海道　みなと

よく柿食ふとなりの孫やたまに来る　石川県　亀田荒太

孫のなきことをうべなふ春の星　長野県　木原　登

爺に似て強情っぱりめ青嵐　東京都　加藤　哲

ばあちゃんと呼ばれ雛の客になる　富山県　比留川佐智子

をとこの子さくらの国にうまれたる　埼玉県　あっちゃん

佳作

初孫にわれの一字や風光る　寺尾隆志
夫《つま》と子と孫まで美男春の宵　宇野木邦子
桜桜孫の嫁さんきまりけり　栗田ひでこ
国籍は外《と》つ国の孫花水木《はなみずき》　岡田武夫
土筆《つくし》野《の》や孫の右手が錆《さ》びてゆく　比々き
中三の孫の寝ぐせや春隣　上原淳子
学校に行けぬ孫あり夏帽子　有本仁政
啓蟄《けいちつ》や孫に恋人できた由　吉川雅晴
新樹光背広の孫の肩高し　宮田勝子
春風や出棺の蓋孫が閉じ　本上聖子
初孫と寝《い》ねて涼風通りけり　番匠純子
甚平へ着がへて赤子退院す　矢野貴子

みどり子のまろきちんちん梅雨《つゆ》晴間　葦　たかし
お手本のやうな字書けて春七歳　大久保文子
六十の年の差楽し夏河原　恵林
ヒーローにアンパンマンの毛布掛く　とべのひさの
飴《あめ》が欲しあのあをぞらの虹も欲し　登るひと
乳歯二本音立てて食む雛ボーロ　入山恵子
空港に小さき帽子を探す夏　薄荷光
高らかにかけ算九九や菖蒲《しょうぶ》の湯　柝の音
ああ云へばだつてだつてさ桜餅《さくらもち》　小泉和美
秋の夕不意におとなの口を利き　宮田敏子
庭桜祖父は戦死と聞かされて　ひでやん

「孫」を詠む

「おいしそう」にはからだが反応!?

「食べ物の句はおいしそうに作りたいよね」と仲間たちには語るが、いざ作るとなるとこれがなかなか難しい。「食べ物」をテーマに作るのは案外簡単かと思うが、それを「おいしそう」に作るのが難しいのだ。おおー佳い句があるな！　と喜んで予選した後で、ちょっと待てよと考え込んだ。例えば、

さびしさを端の方から西瓜《すいか》食ぶ　清島久門

新豆腐食べて不幸の失《う》せにけり　日下光代

この時食べた「西瓜」も「新豆腐」も作者にとってさぞおいしく感じられたに違いない。が、一句が伝えたいのはその味ではなく心情だ。その思いが切々と伝わる秀句だが、「おいしそうな句」かと問われれば、少し違う。

母からの処方箋《しょほうせん》ふふ桜餅《さくらもち》　工藤晴美

「母」の励ましを「処方箋」と表現する心根が微笑《ほほえ》ましい。「ふふ」に母への感謝も感じ取れて好ましい。が、これも「桜餅」を通して作者の思いを表現したと読むべきだろう。

歌丸《うたまる》の手繰《たぐ》る扇子や走り蕎麦《そば》　寺尾隆志

さすが「歌丸」さん。いかにも「おいしそう」に食べる芸は絶品。が、表現したかったのは、その名人芸への追悼ではないか。

となれば、追悼を含む心情に傾かないで、食べ物そのものを書いた句を探してみる。

ソフトクリーム牛に取られてしまひけり　目黒輝美

小さな事件が愉快な一句。「取られてしまひけり」に残念感がたっぷり読み取れて可《お》笑《か》しい。きっとおいしい「ソフトクリーム」だったに違いないが、牛に取られちゃったから、ほんとのところは分からないのか??

こうなったら、酒はどうだ?!　と、我が得意分野へと選句の目を走らせる。

新酒汲《く》む雫《しずく》残さず呑《の》まいでか　伊藤津良

「新酒汲む」気持ち、一滴たりとも「残さず呑まいでか」分かりますとも、友よ！　が、しかし友よ、これは酒好きな人間の永遠に変わらぬ習性ではあるまいか、友よ。

舞子さんのうなじのように冬瓜《とうが》煮え　渡部陽子

この句は少々悩ましい。「舞子さんのうなじのように」という比喩《ひゆ》を読み手がどう受け止めるか。評価は分かれる。煮られた「冬瓜」の美しいうすみどりと上品な薄味の煮汁を思うと、「おいしそうな句」のようにも思われるが、「舞子さんのうなじ」がやや生々しすぎやしないか。白粉の匂《にお》いが強く感じられやしないか。比喩の力が強すぎて、肝心の「冬瓜」の味が遠のいているのではないか。

秀句なのに「おいしそうな句」の範疇《はんちゅう》からは微妙に外れる。一体「おいしそうな句」ってなんだ?!　と困惑し始めたのが、ちょうど昼飯時。休憩するかと何気なく手にとった葉書を見たとたん、いきなりドバッと唾《つば》がでた。

おおーそうか！　文字で書いてあるだけなのに、読者の口内に唾液《だえき》という人体反応を催させるものが「おいしそうな句」なのだ！

その観点から選んだ特選三句。「おいしそう」は味覚でありながら、視覚・聴覚・嗅《きゅう》覚《かく》などを使うことがミソなのだということを教えてくれた三句だ。

一席

肉厚のアジフライ制して酢橘《すだち》

愛媛県　秋本　哲

「肉厚のアジフライ」の熱々、それを「制して」香り立つ「酢橘」。十七音の破調が畳み掛ける描写がクラクラするほど美味《うま》そうだ。

二席

飯盒《はんごう》のぴいと鳴りけり茸《きのこ》の香

京都府　阿辻　豊

「飯盒」の一語が場面を、「ぴい」の擬音語が状況を、「茸の香」が飯盒の中身を伝える。聴覚と嗅覚が、否応なく味覚を想像させる。

三席

隣家から牡蠣《かき》セラーから白ワイン

神奈川県　加藤英行

これで今夜のメニューは決まり！「セラー」から取り出した「白ワイン」の喉《のど》ごしと香り。さあ、美味《おい》しい「牡蠣」を頂こうではないか。

「おいしそう」に詠む

秀作

やき芋のくるみし紙の蜜《みつ》の滲《し》む　宮城県　今関陽子

ベーリング海の塩バリバリと鮭焼ける　三重県　七瀬ゆきこ

かき揚げや獲れたて春の桜えび　神奈川県　石田詠子

茹《ゆ》でこぼす唐黍《とうきび》の黄のぐんと濃く　兵庫県　本上聖子

胡瓜《きゅうり》もみ塩にみどりの移りけり　北海道　小林流美子

秋茄子《あきなすび》よくぞ紫紺に漬かりけり　東京都　愛しみのベラドンナ

触れ太鼓葱《ねぎ》たっぷりのどぜう鍋《なべ》　東京都　加藤　哲

茄子《なす》ぽくぽくこげめふくふくふふ酒《ささ》と　熊本県　上木三己

君が手で割る梨《なし》の滴《したた》るを食《は》む　大阪府　琉眉

みずみずと口中すべり黒葡萄《ぶどう》　埼玉県　下村孝子

ぷるぷるとゴーヤゼリーの緑食む　沖縄県　平良幸子

金の音また銀の音かき氷　栃木県　荻田明子

マスカットぴゅるんひかりの珠《たま》を吸ふ　愛媛県　猫愛すクリーム

捧げ持ちマスカット何処《どこ》から食べよう　奈良県　米田郁子

佳作

秋近し秘伝の出汁《だし》の黄金色　ひでやん

南瓜の皮もほくりと煮る魔法　松田夜市

新米の湯気から先に頬張《ほおば》れり　城内幸江

嗜《たし》なまん酒に鱧皮《はもかわ》三杯酢　安達健治

もぎたての梨をかじって風が吹く　松元詩歩子

カラメルにつけし焦げ目や南瓜プリン　神谷　優

くずきりの切子《きりこ》の色に侍《はべ》りけり　みやこまる

瓜《うり》食めば「おーっ」とたばしる水の音　若林陽光

さびしさを端の方から西瓜食ぶ　清島久門

新豆腐食べて不幸の失せにけり　日下光代

母からの処方箋ふふ桜餅　工藤晴美

歌丸の手繰る扇子や走り蕎麦　寺尾隆志

ソフトクリーム牛に取られてしまひけり　目黒輝美

新酒汲む雫残さず呑まいでか　伊藤津良

舞子さんのうなじのように冬瓜煮え　渡部陽子

沢庵《たくあん》の音心地よき朝げかな　米一和美

しゃりしゃりり梨よ地球は水の星　酒谷百合子

ブラボーの歓呼幾度ビヤホール　坂元宏志

辛口の新酒一献江戸切子　鈴木　武

西瓜食む子らハーモニカ吹くごとく　平本雅子

「ご無沙汰《ぶさた》」と二男栗飯食いに来る　藤岡初尾

今年酒《ことしざけ》故郷《くに》の藻塩《もしお》をあてと決め　古川晴野

新酒汲む父は果して天抜きを　村岡道子

「おいしそう」に詠む

「笑い」を生むのは状況と感情!?

読んだ瞬間にガハハと笑ってしまう句について考えたいと思って出したテーマが「笑い」を詠《よ》む。出そろった投句を見て、テーマの出し方を間違えていたことに、気づいた。思わず爆笑する句を欲していたとはいえ、ベタなギャグ漫画みたいなのは、逆に類想をまねいてしまう。入れ歯落ちるネタ、頭上の眼鏡《めがね》ネタ、足つる姫始めネタはかなりあったが、以下の三句には努力賞を差し上げたい。

入歯落つ祝辞の知事の大嚔《おおくさめ》　門倉一男

小春日や頭上のめがね捜しをり　坂本佳子

二年ぶり逸《はや》り足つるひめはじめ　中本伸一

「笑い」と一言でいっても、その内容は多岐にわたる。パソコンに「わらう」と打つと「嗤う」という字も出てくる。微笑・爆笑・苦笑・微苦笑・冷笑・嘲笑《ちょうしょう》・失笑なんて言葉もある。日本人の「笑い」の感情は実にデリケート。例えばこんな句はいかがだろう。

カピバラに似たる我が子や冬日和《ふゆびより》　伊東澄子

「カピバラ」とは、和名が「鬼天竺鼠《オニテンジクネズミ》」。あれを可愛い！　という人もいれば、間抜けヅラだと思う人もいるだろう。眠そうな目でヌボーっと立つ子を「カピバラ」に似てるなあと客観視する親の視線がなんとも温かい。「冬日和」が似合う。

童貞聖マリア無原罪の御孕《おんやど》りの祝日《いわいび》祝う桃太郎　花屋

私の知る限り最も長い季語が「童貞聖マリア無原罪の御孕りの祝日」だ。二十五音。処女マリアが母の胎内に宿った瞬間から原罪を免れていたことを、桃から生まれた桃太郎が祝う明るい皮肉と読んでいいだろう。その企み、フフと笑える。

恋猫に缶詰コキュにカップ麺　堀口房水

「cocu《コキュ》＝寝取られ夫」と後書きがついている。「恋猫」にはキャットフードの「缶詰」

を開けてやり、「コキュ（寝取られ夫）」には「カップ麺」を与え、今宵《こよい》も男に逢《あ》いに行くというのか。堀口さんは男性かもしれないけど、この句は女性の立場で読んだ方が面白い。そして、女の静かな微笑《ほほえ》みは怖ろしい。

妻知らぬ女難の厄《やく》を払ひけり　塚本治彦

季語としては晩冬。節分の夜、厄年の者がいる家で豆と銭をもらい厄を払う門付けが「厄払」だ。うちのダンナなんてモテるはずがないわよ、と高をくっている「妻」の横で、「妻知らぬ女難」を払ってもらおうとしている夫。笑いを押し殺しつつ、ちょっと鼻の下をのばしている表情もみえる。

小夜時雨《さよしぐれ》小言に句読点無くて　森山健一

「小夜時雨」は夜の時雨。冬の季語。「時雨」ではなく「小夜時雨」なので、この「小言」はガミガミではなく、降ったりやんだりの時雨のように綿々と続いているみたい。自分が小言を受けているというよりは、第三者として微苦笑しているように感じられたのは、取り合わせた季語の美しさのせいかもしれない。

「笑い」を詠むとは、そこに描かれた状況や人物の様子が様々な笑いを発生させるわけだが、何かもっと全く違った形のアプローチもあるのかもしれない。そんな可能性が仄見《ほのみ》えた三句を特選に推させていただく。

一席

掃除機に鼻を吸はれし福笑ひ

東京都　曽根新五郎

ゴロ寝してて「掃除機に鼻を吸はれ」たのか！ と、その惨状を笑ったとたん、下五《しもご》「福笑ひ」のどんでん返し。二回笑わせるとはお見事！

二席

焚《たき》火《び》燃ゆ押すな押すな押すな押すな

長野県　古瀬まさあき

読んだ瞬間、思わずハハハ！と笑った。季語「焚火」に対して「燃ゆ」と念押しした後の「押すな」×四回の可笑《おか》しさ。アッチッチ！

三席

海側は値の張る部屋ぞ山眠る

岡山県　森　哲州

海辺の宿に来たのになんで「部屋」の窓からは眠ってる山しか見えないんだよ。そんな会話の後の呟《つぶや》き。微苦笑俳句の逸品というべき。

「笑い」を詠む

秀作

おさがりの草笛鳴らぬではないか　京都府　一阿蘇鷲二

カピバラに似たる我が子や冬日和　東京都　伊東澄子

只管《ひたすら》に亀鳴く日まで句を励む　東京都　大網健治

快便になんまんだぶつ去年《こぞ》今年《ことし》　三重県　踏青

小一の右翼手捕うバッタかな　大阪府　ときこ

ロボットから握手せがまれ年の暮　大阪府　岡　恭介

ともかくもどの子もよき子松の内　栃木県　荻田明子

老いらくや日向《ひなた》ぼっこに忙しい　愛知県　櫻木秀夫

マスクして下着売場をみてしまふ　静岡県　城内幸江

妻知らぬ女難の厄を払ひけり　神奈川県　塚本治彦

今日急遽《きゅうきょ》許可却下せり心太《ところてん》　京都府　渡辺　実

懐《ふところ》手《で》の後ろ懐手の子かな　福島県　可笑式

訪《と》ふ家を違ふ死神目《め》借時《かりどき》　神奈川県　中島容子

恋猫に缶詰コキュにカップ麺　埼玉県　堀口房水

佳作

風鈴に仕事しろよと風送る　井口裕之

サングラス普通の夫が不良めく　上村実川喜

春の宵なんで喧嘩《けんか》が五七五　七瀬ゆきこ

朝寝かつ二度寝や新年おめでたう　木原　登

髪の毛のなき頭《つむ》や蚊に喰《く》はれたる　木村啓子

着ぶくれて覗《のぞ》くお好み焼きの裏　清島久門

門松の竹の切り口笑ふ口　木船君枝

大空に大笑ひする榠樝《かりん》の実　日下光代

日向ぼこ今日は何日何曜日　肖坊

福笑い写楽《しゃらく》に優る出来となり　源通ゆきみ

狂言師口が顔なり初笑ひ　鈴木正勝

童貞聖マリア無原罪の御孕りの祝日祝う桃太郎　花屋

亀鳴くやゆっくり走る草野球　竹澤　聡

雀　蛤《すずめはまぐり》となり我河馬《かば》となる　洒落神戸

ちやんちやんこもんじや焼には音がある　あまぶー

「変哲《へんてつ》」の黒子《ほくろ》に触れし猫じやらし　中野光宏

「笑っとけ」父の口ぐせ彼岸花　西野　誠

かしましのあのそのあまた羽抜鶏《はぬけどり》　檜扇

去年今年食前食後食間薬飲む　南田正太

母がまた三日あけずの関東煮　村井純子

小夜時雨小言に句読点無くて　森山健一

雪美しき悲しきときもおならは出　米内君子

カラオケのマイクの汗や笑うんじやねえ　池内正光

心と体を揺さぶるべし！……「不気味」を詠む

こころを刺す!?「不気味」のリアリティ

テーマ「笑い」に続いて、届いた投句を読んで段々分からなくなってきたのが「不気味」を詠《よ》む。「不気味」ってなんだよ？　ちゃんと考えてテーマを決めているつもりなのだが……。

悩んだ末に佳作選外とした作品を例にとって「不気味」の概念について考えてみる。

まずは『大辞林』を引く。「何となく不安で恐ろしいさま。気味の悪いさま」が不気味の定義だ。

浜木綿《はまゆう》に夥《おびただ》しい大水青　中川博明

下《しも》五《ご》「大水青」はオオミズアオ。透明感のある淡いヒスイのような青い蛾《が》だ。「浜木綿」も蛾も夏の季語。季重なりは承知の上で、夥しい大水青が浜木綿にとまっている光景を切り取りたかったのだろう。が、ここで、はて？　と思う。これは不気味なのか。蛾が大嫌いな人にとっては確かに不気味に違いない。が、ネット検索してみると「オオミズアオは蛾の仲間でも蝶《ちょう》のように美しいので人気」という書き込みも目立つ。私もどちらかというと、蛾に対しても蛇や蜥蜴《とかげ》に対しても、綺麗《きれい》！　と思う瞬間がある。不気味と美しさは、背中合わせにあるということか。人の感覚というものは一筋縄ではいかない。

攫《さら》はれてきた子のやうな寒茜《かんあかね》　上村実川喜

「寒茜」を攫われてきた子のようだという直喩《ちょくゆ》が心に刺さる。この夕焼けは怖ろしいほどの赤、不気味なまでに赤黒く冷たい色だったのだろう。よく分かるし、好きな作品だ。ただ、「不気味」という観点でこの句を読むのは勿体《もったい》ない。むしろ「攫はれてきた子」の切なさというか痛々しさというか、そんな色合いの「寒茜」だと読むほうが、この句にとっては読みの奥行が広がるのではないか。

車中皆スマホ卯《う》の花腐《はなくた》しかな　柴田久美子

一瞬、え、なんで？　と思った。電車かバスか「車中」の人たち「皆」が「スマホ」を眺め、下を向いてる状況を不気味と受け取っているのだ。窓の外の「卯の花腐し」は、ひたひたと冷たく降り続けているのだ。

自慢じゃないが、私はガラケーというヤツしか持ってないので、電車の中で私以外全員が「スマホ」を見ている場面に遭遇することはある。ただ、それを不気味と受け取るか、滑稽《こっけい》だと嗤《わら》うか、そこが感情の分かれめというヤツなのだろう。

短夜や戦争好きな議員ゐて　大村森美

ああそうか、政治問題に対して不気味だと感じることも確かにある。「戦争」を肯定する議員の発言と季語「短夜」の取り合わせは、戦争前夜かもしれないという不安感を煽《あお》る。この感覚は、不気味の定義「何となく不安で恐ろしいさま。気味の悪いさま」の前者に当てはまるのだろう。が、中七《なかしち》下五「戦争好きな議員ゐて」は社会風刺に終わってないか。

個人的感覚かもしれないが、「不気味な句」とは、体の芯《しん》をゾワゾワさせる力を内蔵しているのではないかと思い始めた。心身を刺す、リアリティという名の針をもった句。そんな観点で特選三句を選んだ。少なくとも、私の心身はかなりゾワゾワした。

一席

生きたるまま蛆《うじ》に喰《く》はれてゆく戦争

兵庫県　あまぶー

「戦争」の悲惨と不気味とは「生きたるまま蛆に喰はれてゆく」肉体がそここに転がる現実を目の当たりにすること。力技の一句。

二席

遠泳の隣の友がもうゐない

滋賀県　井上次雄

「もうゐない」という淡々たる措辞《そじ》が不気味な妄想をかきたてる。全員が沈むまで泳がされるのかもしれぬと感じた遠泳大会の恐怖を思い出す。

三席

桑苺《くわいちご》食《は》めば黝《あおぐろ》き経血

茨城県　荻子

「経血」が黝いという事実が不気味なのではなく、関係ないはずの「桑苺食めば」という因果関係に気づいたことが不気味なのだ。

「不気味」を詠む

秀作

なめくぢのぴしつぴしつと鳴く夜かな　大阪府　秋岡　実

闇汁《やみじる》やきうと鳴くのが口の中　東京都　赤坂純也

死者の声聴き分くやうに秋の沼　愛媛県　秋本　哲

手鏡の裏に写らぬ曼珠沙華《まんじゅしゃげ》　宮城県　宮　杜都

迎へ火の現像液に揃《そろ》ふ貌《かお》　三重県　七瀬ゆきこ

枇杷《びわ》の種ふたつ髑髏《どくろ》にはめてみる　東京都　芹沢嘉克

新しい案山子《かかし》は誰にすんべかな　神奈川県　髙田祥聖

舌嚙《か》んでおいしかったらなんとしょう　長野県　花屋

蚊柱の人の形に立ちをりぬ　愛知県　蒼鳩

天井に小さき足あと夏座敷　愛媛県　松田夜市

正体不明者と暮す六十年の夏　神奈川県　日下光代

人間でなくなつてゆく踊かな　高知県　矢野貴子

空の水槽掻《か》きまぜ掻きまぜをんな笑む　石川県　薄荷光

佳作

梔子《くちなし》の暗夜に刃物研ぐ音か　安藤浩子

千の手の足引く真夜や盆の海　石山祥子

生卵ぐしゃりと握る夏の闇　岩﨑律江

狐火を見てトンネルはまだ抜けぬ　内本恵美子

一摑《ひとつか》みの髪の置かるる草いきれ　内山幸子

釘《くぎ》付けの部屋もあるとふ避暑の荘　重親利行

十薬《じゅうやく》の匂《にお》ひ獣の血の匂ひ　河野美奈子

月涼し伏見稲荷《ふしみいなり》の五寸釘　砂山恵子

鮭遡上《そじょう》川底に人体の林立　宮川礼子

肝臓がぼたりぼたりと油照　宮本晃吉

飼猫の目の数合はぬ雨月かな　玲泉

遠足のバス数えると一人多い　寺津豪佐

合宿や赤き目玉の蛾の覗《のぞ》く　直井照男

只管《ひたすら》に肉撲《う》つ音や春の闇　可笑式

蟇《ひき》の卵塊《らんかい》老婆掬《すく》いて山に消ゆ　野坂淳子

腹話術師を操る人形の蛇の眸《め》　イサム

曼珠沙華影ヨリ細キ鬼笑フ　江野古乃子

旱星《ひでりぼし》井戸の底から嗄《しゃが》れ声　酒谷百合子

夏休み校舎に一つ開かずの間　八川信也

壁の絵の半眼動く熱帯夜　村上　徹

ホルマリンといふ余臭か溽暑《じょくしょ》の夜　平岩ひろみ

沈黙の原子炉の列晩夏光《ばんかこう》　太田暉子

目借時《めかりどき》臓腑《ぞうふ》に積もる化学式　氏丸隆年

「不気味」を詠む

その「香り」かいだことは!?

「香り」を詠《よ》んだ句を選句してみて分かったことがある。それは、嗅覚《きゅうかく》体験の有無が作品への共感を大きく左右するということだ。

大試験鼻腔《びくう》へ抜ける今治水　竹田郁子

六十歳を超えた私にとって「今治水」は懐かしい歯痛薬だ。コンジスイは「今治水」と書くのか！　と再認識しつつ、薬臭がありありと我が鼻腔を抜けていく。まさに「大試験」の一大事を救ってくれる薬であった。

が、今どきの若い人たちはこの薬を知っているのだろうか。コンジスイと読むことはおろか、匂《にお》いの記憶なんてないのではないか。

当番の服にコークス匂ひけり　石﨑京子

南国松山に住む私は、「コークス」を焚《た》いたという経験がない。石炭や練炭に近いのか。雪の降る地域で育った友人に聞くと「いや〜似たような匂いではあるけど違うんですよ」との返事。嗅覚記憶がある人にとっては、「当番の服」から匂う「コークス」は、生々しいリアリティをもつ一句なのだろう。何の当番か、気になる。そこがこの句の魅力でもあるが、如何《いかん》せん、匂いを想像するのは凄《すご》く難しい。

年代や地域等によって経験差が少ないという意味で、やはり食物は強い。特に日常的に使う調味料の類は、香りを共有できる。

醤油《しょうゆ》だる味噌《みそ》だる並ぶ春の納屋《なや》　吉野利美子

うどん屋に春来にけらしいりこ出汁《だし》　松田夜市

前句、自家製の「醤油」「味噌」を作っていた頃であろうか。「醤油だる味噌だる」と畳みかけ、動詞「並ぶ」に捨て石のような働きをさせて映像を押さえた一句。下五《しもご》「春の納屋」という措辞《そじ》は、発酵食品の匂いが膨らんでくるかのような気持ちがする。

後句、「うどん屋」の「いりこ出汁」も広く一般に共有できそうな香りだ。「春来にけらし」がいいなあ。春が来たに違いない、この香しい「いりこ出汁」の香りはどうだ、という鷹揚《おうよう》な調べがいい。昆布や鰹《かつお》とも違う庶民的な「いりこ出汁」の香りは何だか春っぽい。

燕《つばめ》の子呑《の》み腥《なまぐさ》き蛇の腹　酒谷百合子

雪解《ゆきげ》風大樹の瘤《こぶ》の獣臭《けものしゅう》　野地垂木

「香り」を詠むというテーマは香しいイメージがするが、確かに生き物の生臭さも嗅覚だ。前句、生き物を二つ入れて一句を成立させるのは難しいが、目の前にあるのは膨らんだ「蛇の腹」のみ。その中に入っているのが「燕の子」であることを知っている作者の目に、我が目を重ねる禍々《まがまが》しさ。後句、山歩きをしていると、獣はいないのに強い「獣臭」を感じることがある。「大樹の瘤の獣臭」は私にとっては生々しい臭い。この匂いによって季語「雪解風」が生きる構成の一句。

月匂ふべつかふ飴《あめ》に似たるらし　おぐら徳

瘡蓋《かさぶた》の匂ひに月の剝《は》がれさう　城内幸江

比喩《ひゆ》で「香り」を表現するのも一手。が、下手をするとイメージに流れてしまう。そこが難しい。「べつかふ飴」「瘡蓋」というモノとともに「似たるらし」「剝がれさう」と下五で押さえることが、つかみにくい嗅覚を読者に伝えるテクニックともなっている二句だ。

一席

火葬場の匂ひであらむ花ぐもり

千葉県　福澤　宏

眼前には「花ぐもり」の空。蛋《たん》白質《ぱくしつ》と灰の混ざったような匂いがして、近くに「火葬場」があるのだと気づく。「あらむ」が地味に巧い。

二席

「老人と海」に黴《かび》の香鮫《さめ》来たか

広島県　平本魚水

「黴」で変色した「老人と海」の表紙。青臭い「黴の香」に、虚の「鮫来たか」が取り合わされると、生臭い鮫の匂いもしてくるから凄い。

三席

衣《ころも》更《か》へてさいたま新都心無臭

埼玉県　堀口房水

「無臭」と言い切った瞬間、「衣更へ」したシャツの匂いが静かに実感されていくような感覚。固有名詞の力を存分に使いこなした一句。

「香り」を詠む

秀作

大試験鼻腔へ抜ける今治水
兵庫県　竹田郁子

当番の服にコークス匂ひけり
神奈川県　石﨑京子

醬油だる味噌だる並ぶ春の納屋
埼玉県　吉野利美子

うどん屋に春来にけらしいりこ出汁
愛媛県　松田夜市

まっさらの一枚檜《ひのき》春の風
兵庫県　氏丸隆年

すり鉢の金ごま弾け春の風
長野県　百瀬はな

雪解雨すこし西瓜《すいか》のにほひする
北海道　卯ＭＯＯＮ

テルミン耐えられず水仙の吐息
三重県　七瀬ゆきこ

月匂ふべつかふ飴に似たるらし
山梨県　おぐら徳

瘡蓋の匂ひに月の剝がれさう
静岡県　城内幸江

台風の近づく島の匂ひかな
東京都　曽根新五郎

燕の子呑み腥き蛇の腹
石川県　酒谷百合子

雪解風大樹の瘤の獣臭
北海道　野地垂木

春雷や噎《む》せかへる猩猩《しょうじょう》の檻《おり》
長野県　古瀬まさあき

佳作

ことごとくペンキ塗りたて春の風　国代鶏侍

父の背は美濃《みの》の山なり切山椒《きりざんしょ》　石山祥子

少年の香をもて咲けり柊《ひいらぎ》は　木原　登

なまぐさき妹といる炬燵《こたつ》かな　伊東澄子

百の愛のかたち蜜柑《みかん》の花の香　明　惟久里

放屁《へひり》虫我が本籍は三井寺町《みいでらちょう》　秋岡　実

玻璃《はり》越しに香り見ゆとふ梅真白　重親利行

禅僧の墨香一字年迎ふ　加藤孝士

ホルマリン浸けの眼球春の闇《やみ》　すりいぴい

馥郁《ふくいく》の部首は香なり藤のはな　杉本時子

ひとり住み百合《ゆり》さしおけば香四角　花屋

竹の秋籐丸籠《とうまるかご》の軍鶏《しゃも》にほふ　田中靖人

芍薬《しゃくやく》のにほひねむたし小糠雨《こぬかあめ》　中山月波

アカシアの蜜《みつ》吹く下の風溜《だま》り　樋口嘉代子

白き香り早朝のアカシヤ林　宮崎郁子

ガス臭き夜店おぼろや海のまち　上木三己

馥郁や仕事始の古本屋　藤田かおり

早起きの薔薇《ばら》や香りの縒《よ》りを解く　みゆき

沢で焼く岩魚《いわな》朴葉《ほおば》に盛り付けて　渡邉静風

香水の尾を引きすぐる背の淋《さび》し　渡辺佳弘

涙にも匂ひありけり蓬《よもぎ》煮る　稲田喜良

檸檬《れもん》ぐしやぐしや絞り告白　清島久門

傷つかぬふりしてホットレモンティー　野村千寿子

「香り」を詠む

「色」使いで季語を表現!?

「色」を詠《よ》んだ名句から分析してみたい。

初蝶《はつちょう》来《く》何色と問ふ黄と答ふ　高浜虚子《たかはまきょし》

こんなに率直に「黄」という色が詠まれている。人工的な黄色ではない、天然色の黄色がありありと見える。「初蝶来」という上五《かみご》からの展開、会話形式の調べの効果、やはり巧《うま》いとしか言いようがない。

目の前にある色をストレートに詠んだ入選句の中から赤に注目してみよう。同じ赤でも漢字によって色調の違いが表現される。

点滴に血の逆流の赤や夏　薄荷光

立春や生春巻に海老《えび》の朱《あか》　内野　悠

募金箱なる人民元札《じんみんげんさつ》紅《あか》き梅雨《つゆ》　颱

一句目、「血＝赤」は当たり前だが「赤や」と強調した後の「夏」の一字が鮮烈。二句目、「生春巻」に包まれた「海老」の色はまさに「朱」だ。「立春」の明るさと「朱」の目出度《めでた》げな色合いが似合う。三句目、「募金箱」はコンビニ等の店先にある透明なものか。「人民元札」の「紅」に違和感を持ったのだろう。「紅き」の連体形が梅雨にかかるのが悩ましい所だが、最後に出現する「梅雨」によって「人民元札」の「紅」に湿《しめ》りが及ぶような感触が生まれる。

そら豆はまことに青き味したり　細見綾子《ほそみあやこ》

「そら豆」の天然の色を「青き味」という舌の印象に変えることで詩を生み出している。名俳人ならではの滋味ある表現だ。視覚→味覚への変換を副詞「まことに」がさりげなく支えているあたりが、やはり巧い。

郷《さと》の春校舎に海の跡黒し　橋本芳夫

「黒」を詠んだ入選句。「校舎に海の跡黒し」は津波の跡と解釈した。「黒し」は「跡」の描写だけでなく、襲ってきた黒い波への恐怖の記憶や拭《ぬぐ》いがたい悲しみをも思わせる。視覚→心理へ「黒」の印象を広げた作品だ。

夏の咳《せき》黒が潜《ひそ》んでゐはせぬか　三橋順子

同じく「黒」を詠んだ入選句だが、この「黒」は虚の色だ。治らない夏風邪の「咳」がしつこく続いている。この苦しい「夏の咳」には不穏な「黒」いものが潜んでいるのではないかと感じとる。そこに詩が発生している。

白藤や揺りやみしかばうすみどり　芝《しば》不器男《ふきお》

この名句から学びたいのは「白藤」の白ではなく下五《しもご》「うすみどり」という把握だ。白だと思っていた藤の花房が揺りやめば、ほんのりと「うすみどり」がかっているのに気づく。その色の発見が私たちの心を震わせるのだ。

あるだけの色をしずめて黒牡丹《ぼたん》　岩崎弘子

拒みたる色を見せよや白菖蒲《しょうぶ》　板坂壽一

惜しくも選外とした二句。「あるだけの色」「拒みたる色」で意味も意図も十分伝わる。しかし「色」を詠む試みとしては「黒牡丹」「白菖蒲」の持つ色の特性を徹底的に写生して生まれた句を見たいと思うのだ。挑んでほしいと思うのだ。

言うまでもないことだが、「色」を詠む目的は、季語をより佳《よ》く表現するための一つのアプローチ。多色使いやバリエーション的色使いも成功するかどうかが鍵となる。入選作は、それらの実現の有無によって選定した。

一席

春陰《しゅんいん》や千円札の人青し

愛知県　有本仁政

「春陰」の曇《くも》りがちな印象と「千円札の人」の漠然とした表現が似合う。「青し」は映像を描きつつ、愁いめく春の気分とも響き合う。

二席

冬空や孔《あな》は鴉《からす》の穿《うが》つ黒

奈良県　ちろやん

「冬空や」の後、唐突に「孔」が出現する。この「黒」は「鴉」の色であり「孔」の暗がりであり「冬空」が内蔵する色でもあるのだ。

三席

炎熱やリストバンドは赤がいい

広島県　かったろー。

「炎熱や」の後に出現する「リストバンド」は、松岡《まつおか》修造《しゅうぞう》めいた熱っぽさ。「赤がいい」と言い放つテッパンの予定調和が逆に痛快。

「色」を詠む

秀作

雪あかり汚染袋が黒々と　宮城県　宮　杜都

郷の春校舎に海の跡黒し　福井県　橋本芳夫

打水や黒々と死ぬアスファルト　埼玉県　堀口房水

夏の咳黒が潜んでゐはせぬか　栃木県　三橋順子

春の月闇《やみ》は黒のみならざるを　愛媛県　ひでやん

ステテコや過去より黒き土曜の夜　愛媛県　秋本　哲

立春や生春巻に海老の朱　長崎県　内野　悠

募金箱なる人民元札紅き梅雨　沖縄県　颱

点滴に血の逆流の赤や夏　石川県　薄荷光

深海の貝は桃色星祭　東京都　曽根新五郎

薄暑光ハバナをピンクキャデラック　神奈川県　中島容子

朝涼やはづむ木馬に金の鈴　大阪府　斎藤詳次

氷解くセロの音は青き天鵞絨《びろうど》　東京都　古山詞穂

むらさきいろの美輪《みわ》さんの声おぼろ　大阪府　清島久門

佳作

漆黒《しっこく》の知覧《ちらん》がうしろ切子《きりこ》かな　安達健治

身ほとりの赤は箸《はし》のみ冴返《さえかえ》る　村岡道子

渾身《こんしん》の「赤」をゆたかに牡丹咲く　櫻木秀夫

落椿《おちつばき》の紅があまりに嘘《うそ》くさい　酒谷百合子

春の師の歯真っ白で嘘っぽい　可笑式

もも色の嘘つく君へ新茶汲《く》む　宮嶋夫美子

真っ白に布巾《ふきん》を干して昭和の日　野村千寿子

真白な粥《かゆ》や八月十五日　杉原シマ

そめゐよしのいくつもの死の白さかな　神通芙美代

文旦《ぶんたん》や両手でもらふ黄の明かり　中崎千枝

連翹《れんぎょう》はまこと正しき黄色かな　立歩

はかなきは連翹の黄と思ひたり　片野光子

春めきてしのばすくすり赤青黄　渡辺　実

黒灰茶赤金の髪盆踊　大堀　剛

青天の青引き連れて卒業す　白井道義

ほんたうの青空曼珠沙華《まんじゅしゃげ》の空　興梠みさ子

青空の色を欲しがるチューリップ　高橋淳子

卒業の日うす青墨《せいぼく》のさようなら　塚本ゆき

水色の封書にたんぽぽの切手　城内幸江

ほとけのざのむらさき地べたのうねり　荻子

穭田《ひつじだ》や菫《すみれ》色なるものの影　西　純子

路考茶《ろこうちゃ》を着て銀座まで初芝居　伊東澄子

裏切りや紅碧《べにみどり》色の杜若《かきつばた》　遠山比々き

五感の知覚を研ぎすますべし！……「音」を詠む

空間と時間に響かせる「音」

一読したとたん「音」が聞こえてくる句を探す。簡単に探せそうな気がしてたのだが、ちょいと待てよと、立ち止まってしまった。

おおきにと喋《しゃべ》る自販機缶ビール　塚本治彦

確かに「音」はある。最近のやたらに喋る自動販売機。「おおきに」で関西圏の機種だということも分かる。音が存在していることは確かなのだが、ややありがちな場面ということもあり、選外とした。

遠足の子らが電車に乱入す　岡　恭介

この「遠足の子ら」が「電車」に乗り込んでくる場面もありがちといえばありがち。でもこっちは佳作に採った。なぜ？　と自問する。下五《しもご》「乱入す」にささやかなオリジナリティをかぎ取ったからか。穏やかならざる「乱入」の一語。席あるよ、こっち、こっち！　と雪崩《なだ》れ込んできたかと思うと靴のまま座り込んだり、吊《つ》り革にぶら下ったりの傍若無人なる小学生。その動作や声を否応なく想像させる力が「乱入」の一語にあるということか。

「自販機」の句は「喋る」の擬人化で「おおきに」という音を聞かせようとした。が逆にその動詞が説明になってしまっているともいえる。かたや、「遠足」の句は「乱入す」と子どもたちの動作を描写している。それによって「遠足の子ら」の動きが見え、それに伴ってちょっと興奮気味なる歓声が聞こえてくるという仕組みなのかもしれない。

ならば次の句も同じことがいえるか。

補聴器の電子音鳴り夏近し　山中千恵

映像を持たない時候の季語「夏近し」と「補聴器の電子音」の取り合わせ。何かのエラーで鳴る音か。素材としてのオリジナリティはある。が、これも佳作選外とした。気になったのは「鳴り」の一語。「補聴器の電子音」とあればすでに鳴っている。「鳴り」は要らない。では、たった二音で何ができるだろう。

例えば「夏近き◯◯／補聴器の電子音」と語順を変えてみる。「夏近き空」「夏近き街」「夏近き窓」「夏近き朝」、二音の単語は案外ある。「空」「街」「窓」「朝」などの語を使って音の鳴りわたる空間や時間を提示すれば、音の大小や音の性質が具体性をもって読者の耳に再生されていくのかもしれない。

音の性質を率直に擬音語で表現した句も多く寄せられた。が、成功しているものは少なかった。擬音語としてのオリジナリティが高すぎると生々しい音として聞こえてこないし、個性を抑制すると如何《いか》にもありがちな文字面で終わってしまう。そこが難しい。

ピャウと笛上げて獅子舞《ししまい》終はりたる　うさぎまんじゅう

秀作にいただいた一句。「ピャウ」そのものはありがちなリアリティかもしれないが、「〜上げて〜終はりたる」という描写によって、「音」が確かなものとして読者の耳に響く。

「音」の表現について語り尽くせぬうちに紙幅が尽きた。時候の季語の持つ空間と時間は、「音」を響きやすくさせる性質を持つと気づいた。特選三句中二句は、そんな作品を推した。

一席

追悼のゴング十数へて炎暑

愛媛県　秋本　哲

「追悼のゴング」の持つ背景が深い。「十数へ」という短い時間が音を激しく響かせ、季語「炎暑」が「追悼」の思いを受け止める。

二席

皇居上空中継のへり徂《そ》春《しゅん》

愛媛県　ひでやん

「徂春」は刻々と動き過ぎてゆく春。令和元年初日の音として「中継のヘリ」を切り取ったのだろう。破調ながら格調を感じるのは季語の力か。

三席

テロップの音へ振り向く団扇《うちわ》かな

長崎県　内野　悠

「テロップの音」を共有せざるをえない時代背景。地震か事故か事件か、あの音にハッとざわつく心。ふっと止まる「団扇」も見えて。

秀作

徘徊《はいかい》の豚を日永のクラクション　千葉県　大和田美信

湯気上げて熊鍋《くまなべ》煮えてきたりけり　長野県　木原　登

三味線《しゃみせん》は骨の音して月しづか　東京都　常磐津津紫摩

玉砂利を百の木沓《きぐつ》や夏祓《なつはらえ》　福島県　可笑式

竜天に登る英雄ポロネーズ　大阪府　中岡秀次

ラ・カンパネラ聴かん鈴蘭《すずらん》揺らしみる　大阪府　ときこの母よしこ

朝凪《あさなぎ》やぶつかり稽古《げいこ》から波動　広島県　かつたろー。

北京《ペキン》語の四人立夏の回鍋肉《ホイコーロー》　広島県　平本魚水

熊蟬《くまぜみ》の三度戸口にぶつかりぬ　愛知県　みやこわすれ

かしは手に応《いら》へありけり法師蟬　東京都　板坂壽一

湧《わ》き出づる柳絮《りゅうじょ》や女学生の声　東京都　愛しみのベラドンナ

ピヤウと笛上げて獅子舞終はりたる　岡山県　うさぎまんじゅう

朝シャワーの時限爆弾めく滴り　新潟県　じゃすみん

缶を蹴る音や探されない子供　三重県　七瀬ゆきこ

佳作

とある日の西日を穿《うが》つスパナかな　遠山比々き

遠足の子らが電車に乱入す　岡　恭介

終戦日内耳に木霊《こだま》砧《きぬた》骨　相澤昇治

しゃぼん玉弾け大爆音残す　秋元　正

青嵐トラック唸《うな》る鯖《さば》街道　阿曽宏之

風邪の夜や鼓動頭蓋《ずがい》に谺《こだま》せり　薄荷光

鴉《からす》十羽百羽千羽や夕焼ける　大網健治

打ち寄せて夏の怒濤《どとう》の老いにけり　重親利行

金魚鉢の水揺れてをり歯科医院　加藤英行

灯台やふたつに割れる夏怒濤　すりいぴい

薫風や牛百頭の咀嚼《そしゃく》音　佐々木　章

焼き入れの新刀滾《たぎ》る鉦叩《かねたたき》　曽我部正之

台風のまつただ中の島の真夜　曽根新五郎

保健室私がいない卒業歌　高田祥聖

万緑を駆る警笛は笙《しょう》のごと　花屋

停電のらふそく外は虫の秋　あまぶー

穀雨《こくう》はや水音みつる峡《かい》百戸　前田尚夫

田草取りをり水音をつれてをり　前田留菜

百千鳥朝を称へてゐたりけり　御江恭子

夜の藤の下照る魔女の食ふ何か　荻田明子

肩越しにふと幽霊のため息か　小林禎志

羽田発最終便初夏のペリエ　猫愛すクリーム

ウクレレのデュエット軽しビヤガーデン　青柳カズヒト

俳人の指が探りあてる「手触り」

脳は暗闇《くらやみ》の中に置かれたブラックボックスだ。外からの情報を伝えるのは、視覚・聴覚・嗅覚《きゅうかく》・触覚・味覚の五感。五分の一の役目を担う触覚に挑むのが、「手触り」を詠《よ》むというテーマだ。

手に馴染《なじ》む手帖《てちょう》しなやか夏近し　石﨑京子

手に馴染むブックカバーや秋灯下　内田一正

惜しくも選外とした二句。「手帖」と「夏近し」の期待感、「ブックカバー」と「秋灯下」の静けさ。取り合わせの意図は良いのだが、上五《かみご》「手に馴染む」が説明の言葉になってしまっているのが勿体《もったい》ない。
「手触り」を表現する手立てとしてオノマトペを使った句もあった。

古日記ざらりと壁の拳《こぶし》跡　野地垂木

掌に紙の裏地のざわり冬　江野古乃子

前句「古日記」には「壁の拳跡」に纏《まつ》わる出来事が記されていたのか。「ざらり」は「古日記」や「壁」の手触りでありつつ、その日の記憶の感触でもあるのだろう。後句「紙」にも確かに裏と表がある。「裏地」の引っかかる感じを「ざわり」と表現。その「ざわり」は「冬」の気配をも感じさせる。二句共に、オノマトペは実際の手触りだけでなく、季語への心情にも触れるものとなっている。

大吉の皺《しわ》を伸ばして懐手《ふところで》　清島久門

嬉《うれ》しく持ち帰った「大吉」のお神籤《みくじ》か。折角の「大吉」の札についてしまった「皺」を伸ばす。お神籤の紙質を知っている私たちの指は「皺を伸ばして」に触覚的実感を抱く。
同じく「皺」を触っているのだが、内容も手触りも全く違う一句もあった。

亡き父の指の皺ひとつひとつ拭《ふ》く　等夜

無季の句だが、「亡き父の指の皺」の感触を我がもののように感じる。「ひとつひとつ拭く」という行為が、生々しく我が指に伝わってくる。リアリティという名の悲しみ。
寄せられた投句のうち、かなりの数に上ったのが生き物の手触りを詠んだもの。特に猫が多かった。猫好きな人多いし、触りやすい生き物だものね。

なでさせてもらふ小春の猫ののど　板柿せっか

「なでさせてもらふ」が他人の猫っぽい表現でありつつ、猫にお願いしてる感じもあって可愛い。「小春の猫」と限定することで「のど」の感触を伝えているのも巧い。

てのひらにけむりのような子猫かな　伊東澄子

目もまだ開いてないような「子猫」を思った。「てのひら」にあるのはいたいけな命。その感触を「けむりのような」と表現したところにオリジナリティとリアリティがある。この感触が、我が手のひらに蘇る。

猫の仔《こ》やにこ毛の中の小さき骨　佐藤詩子

蘭鋳《らんちゅう》のぬめりの下の硬さかな　薄荷光

表面の手触りだけでなく、その皮膚の下の感触を探りあてている二句。ここまでアンテナの精度をあげて感じ取ることができるのが、俳人の指だなと思う。
触覚表現の可能性は思いの外広いことを知ったテーマ「手触り」の特選には、比喩《ひゆ》、オノマトペ、動詞の効果を巧みに使った三句を推したい。

「手触り」を詠む

一席

この薔薇《ばら》はよく寝た仔猫のふれごこち

長野県　花屋

「この薔薇」と「よく寝た仔猫」の感触が等しいと感じる詩人の心が素敵だ。眠り足りた「仔猫」の手触りという比喩の鮮度の高さ。

二席

初冬やシリシリ畳むオブラート

栃木県　荻田明子

「オブラート」の薄い皮膜の感触を表現したオノマトペの精度に脱帽する。「シリシリ」は「初冬」の匂《にお》いと手触りのようである。

三席

贋札《にせさつ》と疑ふ指や神の留守

新潟県　風千

「贋札」「神の留守」の取り合わせが飄々《ひょうひょう》たる味わい。「〜と疑ふ指」が、指先に神経を集中させ何度も触る感じを表現して、巧み。

秀作

てのひらにけむりのような子猫かな　東京都　伊東澄子

猫の仔やにこ毛の中の小さき骨　千葉県　佐藤詩子

なでさせてもらふ小春の猫ののど　岐阜県　板柿せっか

目玉すべらか弄《いら》はるるままに蟬《せみ》　茨城県　荻子

釣針をはづすに鰡《ぼら》のぬめりかな　東京都　板坂壽一

蘭鋳のぬめりの下の硬さかな　石川県　薄荷光

手の中の守宮《やもり》の鼓動どくどくどく　神奈川県　秋元　正

握る手の中にちちろの蹴る踠《もが》く　石川県　熊走　寛

暖かや摑《つか》めば戻る妻の肉《しし》　岐阜県　浅井　均

悴《かじか》むや写経の紙の裏表　千葉県　伊藤博康

汗ばむや粘土に沈む掌《たなごころ》　神奈川県　中島容子

現在地を触るれば灼《や》くる案内図　埼玉県　深沢ふさ江

ポケットに昨日のカイロ固くあり　山口県　吉本留理

亡き父の指の皺ひとつひとつ拭く　静岡県　等夜

「手触り」を詠む

佳作

熟柿《じゅくし》持つごとく子猫の腹撫《な》づる　岩村恵子

手探りの柳根の奥大鯰《おおなまず》　柳沼　弘

つるりんと撫づれば竦《すく》む蚕かな　後藤真里子

一瞬の斯《か》くもつめたきなめくじり　三上恵子

たなうらにとこよむしはふいとしさよ　竹内省司

春泥に手をつく不覚ハイヒール　内本恵美子

大吉の皺を伸ばして懐手　清島久門

気泡シートの気泡をつぶす昼炬燵《ひるごたつ》　中岡秀次

つつみこむ滾《たぎ》る熟柿のあやうさを　ちろやん

夢さぐるごとく大根を糠《ぬか》の底　山内彩月

はらごにくすくすぐられている手　七瀬ゆきこ

耕耘機《こううんき》このハンドルの確かなり　森井敏行

モスリンの手触りならむ春の雲　吉川雅晴

柔軟剤使はぬタオル夏の雲　平本魚水

この毛布じゃないと駄目と五歳いう　横山美保子

古日記ざらりと壁の拳跡　野地垂木

掌に紙の裏地のざわり冬　江野古乃子

肌寒や手よりこぼるる化粧水　日下光代

冬の雨触診の指柔らかし　井戸川　浩

福耳の産毛に触れし三日かな　百瀬はな

夜業後の風呂や伸びたる顔の髭《ひげ》　山地廣志

花芒《はなすすき》シルクのやはらかさで逃げし　鈴木美智子

籾殻《もみがら》に埋もるる玉子ほの温し　阿曽宏之

擬音と擬態併せ持つ「オノマトペ」

「オノマトペ」とはフランス語。『大辞泉』には「擬声語および擬態語」とある。こんな句を見つけ、ちょっと待てと立ち止まる。

間奏のエレキテケテケ風光る　ひでやん

土鈴カラカラ太古から風光る　美食

国立国語研究所HP「日本語を楽しもう！」のコラムでは、げらげら、おぎゃー、わんわん、にゃんにゃん等の人間や生き物の声を表す「擬声語」と、「エレキ」ギターの音、「土鈴」の音等の自然界の音や物音である「擬音語」とが区別されていて理解しやすい。ならば、次の二句はどうだろう。

晩秋の登山列車はガガギギゴ　井上なよみ

春の空ちゃぷちゃぷちゃぷと玉子溶き　のゆか

「ガガギギゴ」は「登山列車」が立てる音であり「ちゃぷちゃぷちゃぷ」は玉子を溶く音であるが、険しい坂を上る列車の動きや箸《はし》で溶かれる玉子の様子を描いているようにも感じとれる。擬音語と擬態語の要素を併せもった「オノマトペ」かもしれない。

パンの耳かりかり揚げて秋日和《あきびより》　日下光代

どぼどぼとソースかけるや夏休み　伊東澄子

こらちの二句はどうか。香ばしい「パンの耳」の様子を「かりかり」と表現しているのは明らかに擬態語。「どぼどぼ」は擬音語っぽいが、たっぷりかける「ソース」の様子を表しているのなら擬態語の要素が強くなる。

うーむ、ここまで見てきただけでも「オノマトペ」ってのはなかなか手強い表現だが、さらに言わせてもらうと、エレキギターが「テケテケ」、パンの耳が「かりかり」などの「オノマトペ」には、多少の既視感がある。作品としての質を高めるためには、さらなるオリジナリティとリアリティを求める必要がある。

ピピピピと薄氷《うすらい》の針育ちそむ　木原　登

翅《はね》鳴らしびびと蚕蛾《かいこが》求愛す　遠山比々き

「薄氷の針」と比喩《ひゆ》しそれが育つ様子を「ピピピピ」と表現。「翅」の音を「びび」と聞きとめる感性も鋭いではないか、と思った二句だが、その行く手には「オノマトペ」の名手である川端茅舎《かわばたぼうしゃ》の句が立ちはだかる。

びびびびと氷張り居り月は春　川端茅舎

花杏《はなあんず》受胎告知の翅音《はおと》びび　同

生き物の声を表した「擬声語」の二句もあった。大いなる苦肉の策から生まれたオリジナリティというべきか。

蛇喰《く》うて孔雀《くじゃく》啼《な》くなり訶訶訶訶訶　中岡秀次

病魚暴るるこ゚こ゚こ゚こ゚と春の夜揺るる　薄荷光

一句目「訶訶訶訶訶」は、カカカカカと読めばよいのか。「蛇」を喰うた「孔雀」という禍々《まがまが》しい美しさをこの漢字の並びで表現。ちなみに「訶」は「しかる。大声でしかる。せめる。とがめる」を意味する。二句目、音として発音できない「オノマトペ」とは少々ズルイ感じもするが、「病魚」が暴れて「春の夜」が揺れる波動のようなものを表現したのだろう。「こ゚」という音を発してみようとのたうつ我が舌は、あたかも「病魚」のようだ。

苦悩する投句の中から、オリジナリティとリアリティを併せ持った三句を特選に。

一
席

うかうかと蒲公英《たんぽぽ》軍に囲まるる

石川県　酒谷百合子

気がついてみると「蒲公英」の真ん中にいる。「うかうか」は作者の様子であり心情でもあるだろう。「軍」という比喩もまた愉快だ。

二
席

りうりうと春光ろんろんと炭酸泉

三重県　七瀬ゆきこ

「春光」は春の風光。「りうりう」が瑞々《みずみず》しい。そして「ろんろん」とは何かと思えば「炭酸泉」だという意外性。展開も韻も美しい。

三
席

がまの穂がぶうわわわわわもももももも

茨城県　荻子

「がまの穂」の形状を「ぶうわわわわわ」と描き、穂絮《ほわた》のほぐれる様子を「もももも」と表す。オノマトペを信じ切っての一句。

「オノマトペ」で詠む

秀作

ホルツホルツ蒙古《もうこ》の子らの雪を行く
東京都　赤坂純也

静けさもぎりりぎりりと蟻地獄《ありじごく》
愛知県　有本仁政

ぎしぎしと乾《から》びる生身冬薔薇《ふゆそうび》
茨城県　太田暉子

ぞぞぞぞと脱ぐ春雪や日章旗
東京都　板坂壽一

かしかしと匙《さじ》が躍るよかき氷
東京都　門倉一男

ぞわつと船虫世界遺産決まる
福岡県　鷺汀

にゆいにゆいとめり込む足や春の泥
広島県　かったろー。

むささびのぶんと繰りだす闇夜《やみよ》かな
大阪府　中山月波

弔《とむらい》やほろりほろりと春の雪
山口県　福永浩隆

きゆるきゆると来る春分の配膳車《はいぜんしゃ》
大阪府　すりいぴい

水温《ぬく》む秘密プチユクチユ告ぐインコ
千葉県　佐藤篤昌

たゆたゆと春潮《しゅんちょう》空を押し上ぐる
岡山県　うさぎまんじゅう

蛇喰うて孔雀啼くなり訶訶訶訶
大阪府　中岡秀次

病魚暴るるこ゜こ゜こ゜こ゜と春の夜揺るる
石川県　薄荷光

「オノマトペ」で詠む

佳作

間奏のエレキテケテケ風光る　ひでやん

土鈴カラカラ太古から風光る　美食

晩秋の登山列車はガガギギゴ　井上なよみ

春の空ちゃぷちゃぷちゃぷと玉子溶き　のゆか

パンの耳かりかり揚げて秋日和　日下光代

どぼどぼとソースかけるや夏休み　伊東澄子

ピピピピと薄氷の針育ちそむ　木原　登

翅鳴らしびびと蚕蛾求愛す　遠山比々き

畔《くろ》塗りや鍬《くわ》でトペトペ鍬でトペ　叶矢龍一郎

キラキラと手話の拍手や青田波　シュリ

ぷうるりぷるり聖夜のアコーデオン　国代鶏侍

春の鬱《うつ》やっさもっさと穴を出る　岡谷よし子

みみみみと桑食む蚕夏の闇　上月くるを

木守《きまもり》のざあぐんと落ちし正午かな　嶋村紀彦

火の見へと春三日月のギツチラコ　芹沢嘉克

冬の蚊のぐらりと宙を踏みはづし　竹田しのぶ

あはあはとあふみのはるのあふせかな　高木哲夫

ビニールのぺりんぺりんと川涸《か》るる　猫愛すクリーム

くぅくぅと水栽培のヒヤシンス　戸根由紀

ざんざんと湯屋洗いきり四温かな　ナルミカン

さくさくと骨となりたる小春かな　ぼたんのむら

粕汁《かすじる》やこをろこをろと国生まる　もりたきみ

朝ぼらけきしきし沈む茎の石　村岡道子

真実味を加えるなら「数詞」

「数詞」ってただの数字なのに、結構状況を描くことができる。そこにリアリティも生まれる。例えばこんな素朴な一句はどうだろう。

栗御飯はい八つづつ入れました　琉眉

「栗御飯」の次の「はい」という返事で、八つずつ入れろと命令する人物がいることが分かる。家族皆で栗拾いに行き沢山採れたに違いない。お茶碗《ちゃわん》に「八つづつ」は必ず入れろ、沢山取れたんだからと家長が命令しているのか。小市民的感覚だろうが、お茶碗に栗が八つ入ってたら、わたしゃかなり嬉《うれ》しい。しかも「八」は末広がりで目出度くもある。

栗御飯はい一つづつ入れました

試みに数を変えてみた。三人家族でも十一人家族でも「一つづつ」は切ない。淋《さび》しい食卓ではあるが、分け合うという美しい心に満ちた清貧の食卓かもしれない。いやいや、今日の不作を大笑いしている明るい家族かもしれない。数字一つのことなのに「八つ」と「一つ」は大違いだ。

冬隣《ふゆどなり》避難者五万七千人　まどん

数字とは極めて具体的なものだ。「復興庁のＨＰの九月現在の全国の避難者数です」とのコメントが添えられた一句（二〇一九年一月）。だいたいの数字でも言いたいことは伝わるのだから、五万人とか六万人とか書いても句としては成立する。が、事実をきちんと調べてみると、やはり「五万七千人」が作品としても動かない気がする。数字の持つ真実味もまた強みだ。

５００００００人肩ぐるま月に触るまで　古山詞穂

虚構の数字が力を発揮することもある。漢数字で五百万人と書いても意味は変わらないが、「５００００００人」という字面が、人の上に人が乗っかっているようにも見えてくるから面白い。いやまて。ひょっとすると月までの距離三十八万㎞を「肩ぐるま」の高さで割り算したら、この数字になるのか。などと、三十八万㎞を五百万で割ってしまいそうになるのも「数詞」の面白さかもしれない。
「数詞」は単位と共に使われるが、その数え方を迷うことがある。例えば、大きな象を一頭と数えることに違和感はないが、蝶《ちょう》も一頭と数えるのだと初めて知った時は驚いた。

一頭と数へて重し冬の蝶　森　哲州

とは言へど蝶一頭の軽さかな　葉山芳一

これら二句は「一頭」の「一」という数字よりは、「頭」という単位に創作意図の軸足がある。「数へて重し」と思い「とは言へど～軽さかな」と感じる。単位の効果は大きい。

海統《す》べるホルン三基や水の秋　七瀬ゆきこ

では、この「三基」はどう読むのか。「ホルン」は「本」と数えるのが一般的。「基」は、墓石や石塔など据え置くものを数えるのに用いる。となると、この句は単位そのものを比喩《ひゆ》に使っているということか！　「海」を統率するかのような「ホルン」の音色は「三基」と数えたいほどの堂々とした響き。「水の秋」を渡る「ホルン三基」は、金色のモニュメントのごとく掲げられている。かなり難しい手法だが、この挑戦を讃えたいと思う。

一席

秋《あき》夕《ゆ》焼《やけ》家より千歩逃げてみぬ

兵庫県　あまぶー

「千歩」はおおよその距離でありつつ、「逃げてみぬ」という心情に直結する数詞。嫁姑《よめしゅうとめ》の葛藤《かっとう》か介護の心労か。「秋夕焼」が切ない。

二席

男五尺なのりそ三尺提げて来る

東京都　玲泉

「なのりそ」は海藻ホンダワラのこと。数詞「五尺」「三尺」を両立させている機知が楽しい。男の背丈と海藻の丈がそのまま映像に。

三席

一棹《ひとさお》は黴《かび》の婚礼簞笥《だんす》かな

高知県　矢野貴子

「一棹」と「婚礼簞笥」の間にある「黴」の一語の存在感に圧倒される。見栄えだけ大仰な花嫁支度への嫌悪とも読めてしまう。

「数詞」を詠む

秀作

栗御飯はい八つづつ入れました　大阪府　琉眉

秋澄むや二升五合の玻璃《はり》の瓶　千葉県　森　京子

雪とけて一本杭の高さかな　神奈川県　大内菅子

冬夕焼「長い四両参ります」　神奈川県　石﨑京子

赤提灯《あかちょうちん》秋刀魚《さんま》山椒煮《さんしょに》酒一合　兵庫県　紀宝

海統べるホルン三基や水の秋　三重県　七瀬ゆきこ

一頭を残す厩舎《きゅうしゃ》の注連《しめ》飾り　大阪府　清島久門

参加賞の鉛筆一本天高し　大阪府　定井節子

天高し吾が名六助二男坊　千葉県　六大

一頭と数へて重し冬の蝶　岡山県　森　哲州

とは言へど蝶一頭の軽さかな　大阪府　葉山芳一

月光の一本教誨師《きょうかいし》の机　福島県　可笑式

ロボットのあと一パーツ天の川　千葉県　土井探花

泉の色の星一つ翁《おきな》の忌　京都府　上田和代

佳作

春の風一オクターブ駆け上がる　荻田明子

紅白饅頭《まんじゅう》 九月第三月曜日　木原 登

三《み》通りに使ふと決めて大根買ふ　日下光代

曼珠沙華《まんじゅしゃげ》一つ残りし乳房かな　久保久江

５００００００人肩ぐるま月に触るまで　古山詞穂

地吹雪《じふぶき》や下り列車は二番線　金野秀次

秋の蝶死ぬ日地球一回転　すりいぴい

客四人仕事始の始発バス　佐々木延美

五歳児に習う将棋や秋日和《あきびより》　上甲道子

冬隣避難者五万七千人　まどん

あなたまで五十光年冬の蝶　立川六珈

江ノ電の二駅歩く梅日和　塚本治彦

金柑《きんかん》の匂《にお》ふ口から嘘《うそ》一つ　塚本治彦

０点の答案用紙りんご食む　洒落神戸

糸瓜《へちま》忌や一人に適《かな》ふ文机　ＧＯＮＺＡ

五人死ぬホラー小説林檎《りんご》剝《む》く　２４５１６

万年青《おもと》の実三つ実りて孫の数　二瓶直子

億桁《おくけた》の円周率や蟬《せみ》生るる　正岡恵似子

冬の虫二人に会話らしきもの　宮田よりを

空高し三十六峰京を抱き　岩崎弘子

千人の黒髪靡《なび》く五月祭　じゃすみん

一枚の空溢《こぼ》さずに田水張る　田辺義晴

青岬ひとすじ馬の背に眠る　月の道

ワードは効果的に用いるべし！……「固有名詞」を詠む

仕掛けるなら「固有名詞」

選句を始めてすぐに、困惑した。テーマは「固有名詞」なのに、何枚葉書を見ても固有名詞が入っていない。辛《かろ》うじて名詞らしきは「薔薇《ばら》」「蟬《せみ》」「秋田犬」等々。うーむ、季語「薔薇」「蟬」は名詞ではあるが固有名詞ではない。普通名詞という種類だ。「秋田犬」は地名っぽい言葉が入ってるけど、固有名詞とは言い難い。「固有名詞」とは「同じ種類に属する他のものから区別するために、そのものだけに付けた名を表す語」と

『大辞林』には解説してある。例えば、日本人という同じ種類に属する他のものから区別するために、名前をつける。それが固有名詞だ。同じく「秋田犬」は犬の一品種。同じ種類に属する他の秋田犬と区別するために、我が家で飼っていた秋田犬には「力丸」という名をつけた。その名が固有名詞だ。

なぜ俳句で「固有名詞」は難しいといわれるのか。それは、固有名詞の知名度が作品に対する理解度を大きく左右するからだ。例えば〈**クラウディア・カルディナーレのごとく夏**　立川六珈〉は、十一音が人名。後は「〜のごとく夏」と六音あるのみ。この人名が、イタリアの女豹《めひょう》と呼ばれた野性美が魅力の俳優だと知らない人にとって、後半の比喩《ひゆ》は理解し難い。

ならば、誰でも知ってる「固有名詞」は共通理解ができるから与《くみ》しやすいかというと、そんな簡単な話ではない。例えば「富士山」は誰でも知っているから、季語に匹敵するほどの強い映像喚起力やイメージ喚起力を持っている。たった十七音の中に、季語と「富士山」という主役級が並ぶことになる。だからこそ、両者のバランスのとり方が難しいのだ。

さらに多くみられたのがベタな取り合わせ。「祇王寺《ぎおうじ》」に「紅葉」、「越前《えちぜん》」に「野水仙」、「吉野《よしの》」「千《ち》鳥《どり》ヶ淵《ふち》」に「桜」、これらのゴールデンコンビで半分近い音数を占める。

残り僅《わず》かな音数でオリジナリティ或《ある》いはリアリティを確保するのはこれまた難しい。

あまりにも有名だと季語とのバランスが取り難く、安全にやろうとするとベタな説明に終わる。ならばどうすればよいのか。

どうせその「固有名詞」を知らない人には伝わらないのだからと、明るく諦《あきら》めるのも一手だ。〈**花野行く春樹の井戸に落ちぬやう**　花伝〉〈**春昼《しゅんちゅう》や守一の猫起こそうか**　横山ツヤ子〉。それぞれ「春樹」「守一」を知らない人には意味が読み取り難い句だが、作家村上《むらかみ》春樹《はるき》の作品に井戸というモチーフが出てくること、画家熊谷守一《くまがいもりかず》が描く単純化された猫たちの魅力を知ってる人には、「井戸」「猫」という単語が鑑賞の手がかりとなる。作者の密やかな仕掛けを、一握りの読者がキャッチする。そんなスリリングな交信を楽しもう！　と腹をくくるのも一興だ。

全く知らない「固有名詞」でも字面や響きが面白いものもある。〈**雌岡《めっこ》より雄岡《おっこ》山望むや風光る**　三島正夫〉〈**永き日や烏枢沙摩《うすさま》さまは厠神《かわやがみ》**　阿辻　豊〉は声に出して読むと尚更楽しい。

特選には、「固有名詞」の可能性を広げてくれる三句を。特に渡部さんの作品には舌を巻いた。こんな句に出会えると愉快でたまらなくなる。負けてはいられないと思う。それもまた楽しい。

「固有名詞」を詠む

一席

麦秋へゴータマ・シッダッタの体臭

宮城県　渡部陽子

「ゴータマ・シッダッタ」は釈《しゃ》迦《か》の姓名。黄金色の「麦秋」の季節の熱と湿度と匂《にお》いを「体臭」だとする比喩が秀逸。上五《かみご》「へ」も巧い。

二席

草刈りは老いたる吉田さんだらけ

京都府　吉田千恵子

「草刈り」は必須の農作業。「吉田さん」は固有名詞の枠を超え「老いたる」地域の実情を表現する。「だらけ」の明るい溜息《ためいき》がいい。

三席

野火遠しカーラジオからキャンディーズ

千葉県　森　謙一

「カーラジオ」の「キャンディーズ」は昭和の匂い。この固有名詞を使って「野火遠し」に距離と時代の印象を持たせる。そこが巧い。

秀作

永き日や烏枢沙摩さまは厠神　京都府　阿辻　豊

二月堂三月堂と春の雨　埼玉県　池田昂平

騎手彦次郎つまみはみその走り酒　茨城県　石毛惠美子

鳥海山《ちょうかいさん》晴れて遠足列車かな　東京都　井上富士子

風車回れば風のジョンレノン　宮城県　大場広美

花野行く春樹の井戸に落ちぬやう　鳥取県　花伝

柳絮《りゅうじょ》飛ぶ毛沢東《もうたくとう》は微笑する　北海道　武者圭司

ひび走るゴジラの卵夏の山　高知県　矢野貴子

春昼や守一の猫起こそうか　山口県　横山ツヤ子

柿を剝《む》く祖母啄木《たくぼく》を諳《そら》んずる　福岡県　上原淳子

雌岡より雄岡山望むや風光る　兵庫県　三島正夫

厨《くりや》より花菜の茹《ゆ》で香笠智衆《りゅうちしゅう》　大分県　小野眞一

行く春や淡谷《あわや》のり子《こ》に濡《ぬ》るる夜　愛知県　櫻木秀夫

まどろみて子規《しき》あしもとに春の蠅《はえ》　奈良県　ちろやん

佳作

歌舞伎《かぶき》座や跳ねて朧《おぼろ》の月明かり　秋元　正

なほ春の雪降り積みぬ宗谷《そうや》線　安達健治

ベスビオ山噴火の如《ごと》き夕日負ふ　荒木佳代子

麗かやショパンの楽譜買いに行き　石﨑京子

魚屋の松つつあんの腕初松魚《はつがつお》　内田一正

春潮や高倉健《たかくらけん》の眉間皺《みけんじわ》　氏丸隆年

大利根《おおとね》はゆらりゆらりの大根《でえこ》かな　大坂吉也

青嵐セロを置きたる賢治《けんじ》館　太田暉子

貝寄風《かいよせ》や碁笥《ごけ》に残りし伊良湖白《いらごしろ》　花井志げ子

余呉《よご》の湖の辺りもつとも鳥曇　松下芳子

かんしやくの漱石《そうせき》へ今蝦蛄《しゃく》茹った　上木三己

万緑や六甲山《ろっこうさん》の男ぶり　宗平圭司

御堂筋《みどうすじ》真つ直ぐ歩く薄暑かな　森井敏行

春惜しむ柴犬花子のあわし恋　森田京子

花筏《はないかだ》御裳濯《みもすそ》川を発ちにけり　佐野佳代子

夕餉《ゆうげ》匂《にお》ふ網代《あじろ》片町《かたまち》片時雨《かたしぐれ》　岡田和子

風光る四ッ谷市ヶ谷千駄ヶ谷　小島文英

ランドセル置いたまま飯館《いいだて》の春　真貝節子

宵月《よいづき》や人はむらさき歌舞伎町　高橋　栄

クラウディア・カルディナーレのごとく夏　立川六珈

アーノルド・シュワルツェネッガー雲の峰　かつたろー。

馬を駆るジンギス汗《かん》や星月夜　千田光子

諏訪《すわ》の湖笑へば四方《よも》の山笑ふ　中野光宏

「固有名詞」を詠む

「令和元年」という時代の吟行

新元号発表の日、テレビの街頭インタビューでは「令和」という文字や語感について様々な感想が飛び交っていた。

「令和」良し殊《こと》に「和」の字が菊日和《きくびより》　斎藤正幸

牛蒡《ごぼう》蒔《ま》くレイワは宇宙的語感　古山詞穂

惜しくも佳作選外とした二句だが、穏やかさと尊さをイメージさせる「和の字」と「菊日和」の取り合わせ、「レイワ」は「宇宙的語感」だという感覚に対して「牛蒡蒔く」をもってくる飄々《ひょうひょう》たる取り合わせ、それぞれ新元号への感想が正直に表現されている。

元号が変わる時代の節目に居合わせることも広い意味での吟行だ。時代を吟行すると言い換えてもいいだろう。しかしながら改元以降、様々な句会や俳句大会で「令和」を詠《よ》んだ句を目にしてきたが、なかなか佳句に出会えない。壮大荘厳だけど実感が伴わないものが多いように感じてきた。考えてみれば、季語を主役として生かしつつ「令和」の実感を詠むのはかなり高いハードルだ。

すずやかなひびき令和の夏は来ぬ　邑松美智子

令の字の澄めるレの音夏立ちぬ　内田良平

新元号発表は五月一日。暦の上では晩春だが、新しい御代《みよ》とともに若々しい夏が動きだした感覚だったと共感する。「令和」を「すずやかなひびき」だと捉《とら》え、「澄めるレの音」に夏が始まったと感じる。「令和」は、初夏の響きそのもののように清々しい。

ゴム印で消され平成さみだるる　有本仁政

ゴム印の令和眩《まぶ》しく花は葉に　大場広美

「ゴム印」というモノも改元の象徴となる。元号が発表された瞬間、ゴム印製造が慌《あわ》ただしく始まる現場をテレビニュースで視たことを思い出す。「ゴム印で消され」ている「平成」の二字もまた時代の記憶だ。季語「さみだるる」は平成への惜別でもある。
かたや、忙《せわ》しなく売り出された「令和」の「ゴム印」。清々しい字面、真新しいゴムの感触、白い紙にくっきりと捺《お》されたコントラストを「眩しく」受け止める作者がいる。「花は葉に」は時間経過を含んだ季語。眩しい「令和」は、やがて日常の「令和」として私たちの生活に溶け込んでくる。

植ゑ終へし田より令和の風生まる　うさぎまんじゅう

朝顔や昨日のままに令和あり　愛しみのベラドンナ

整然と「植ゑ終へし田」から「令和の風」が生まれてくると感じ、「朝顔」が「昨日のままに」咲き継ぐように「令和」も昨日の延長としてあると感じるのも、生活の実感だ。

五月尽《ごがつじん》はや先帝の懐かしく　岡本　戎

涼しさやまつすぐに立つ新天皇　竹澤　聡

「先帝」への思いを「懐かしく」と率直に書くことも、「新天皇」の凛々《りり》しき立ち姿を「涼し」という季語に託すことも、共に迎えた令和という時代への共感だ。
特選三句は、悩んだ末に全て「令和」の文字が入った句になった。「令和」を使わないで「令和」を詠むのは実に難しい。次はそれに挑戦したいと思う。

「令和元年」を詠む

一席

まっ白な鷺草《さぎそう》まっ新《さら》な令和

千葉県　鵜澤正信

「鷺草」の飛び立ちそうな清々しい佇《たたず》まいが「令和」の響きに似合う。「まっ白」「まっ新」漢字二字が新元号への言祝《ことほ》ぎともなって。

二席

点滴冷たし五月のラジオ令和告ぐ

新潟県　樋口嘉代子

「点滴」を受けながら知る新しい元号。「冷たし」という腕の実感。窓には「五月」の光。「令和」の語感が、それぞれの言葉と響き合う。

三席

荒梅雨《あらづゆ》を以《も》って令和の始まりぬ

千葉県　長尾　登

「令和」の始まった五月から「荒梅雨」の六月へ。平成三十年の豪雨災害の記憶を生々しく蘇《よみがえ》らせる雨だ。佳き「令和」であれよと祈る心も。

秀作

改元待つ国引《くにびき》の空麦青む
島根県　久保康輔

令和来る鉄砲《てっぽう》百合《ゆり》の揺れる島
大阪府　すりいぴい

初《はつ》生《な》りの空豆香る令和の夜
岐阜県　伊賀美　圭

植ゑ終へし田より令和の風生まる
岡山県　うさぎまんじゅう

すずやかなひびき令和の夏は来ぬ
静岡県　邑松美智子

令の字の澄めるレの音夏立ちぬ
奈良県　内田良平

令の字は飛翔のかたち麦の秋
東京都　村岡道子

五月尽はや先帝の懐かしく
大阪府　岡本　戎

涼しさやまつすぐに立つ新天皇
神奈川県　竹澤　聡

ゴム印で消され平成さみだるる
愛知県　有本仁政

ゴム印の令和眩しく花は葉に
宮城県　大場広美

大瑠璃《おおるり》のこゑや令和の大屋根に
岐阜県　板柿せっか

令和はや常の日なりし山桜桃《ゆすらうめ》
岡山県　原田千恵子

朝顔や昨日のままに令和あり
東京都　愛しみのベラドンナ

佳作

「令和元年」を詠む

朝寝して新元号を待ちにけり　有村菜穂子

唐突に元年が来て柏餅《かしわもち》　加藤重喜

啄木《たくぼく》忌「令和」の判を押す仕事　籠居子

冷冷《れいれい》と令和の初夏の瀬音かな　赤坂純也

産土《うぶすな》の森に令和の鯉幟《こいのぼり》　加藤達明

松の芯《しん》令和の空を支へたる　内田一正

いざなみの臍《へそ》の緒切れば明《あけ》の春　じゃすみん

御退位に濡《ぬ》る、皇居の若葉雨　千田　進

鶸色《ひわいろ》の新皇后や新樹光　酒谷百合子

五月《さつき》晴れ皇居へ続く旗あまた　吉田暁美

即位日の御朱印帳や夏始　かったろー。

御朱印の墨の香や夏に入る　なかの花梨

令和とふ手話を覚えて風薫る　根岸　操

「蕾《つぼみ》咲く」と令和の手話や風光る　赤川京子

令和元年拾うてきたる子猫かな　伊東澄子

山椒魚《さんしょううお》新元号に遠く棲《す》む　木原　登

改元の夏の神馬《しんめ》のうなづけり　清島久門

朝風呂や改元の日の夏つばめ　本山正人

「令和」とかそれはそれとし袋掛　城山憲三

夏来る令和のけふも歯を磨く　ひでやん

改元は人のもの蚕《かいこ》は眠る　薄荷光

改元の皐月《さつき》の今日もなほ戦後　氏丸隆年

令和元年沖縄に沖縄忌　曽根新五郎

「字余り、字足らず」どこまでが限界!?

「字余り・字足らず」とはどう定義されるか。まずはそこを明確にしよう。『現代俳句ハンドブック』（雄山閣・平成七年刊）には以下の解説がある。「五七五の基調音律をもった十七字音の定型俳句において（中略）上句、中句、下句のいずれかが基調音律に足りない場合を字足らずという」。「字余り」にもほぼ同じ解説がなされ「その時のこころを読み込むために敢《あえ》て十七字音をはみ出している。こうした必然性から生まれた表現を字余りという」とある。字余りの例句として〈**旅に病《やん》で夢は枯野をかけ廻る**　芭蕉《ばしょう》〉〈**夏草に**

機関車の車輪来て止まる　誓子《せいし》〉、字足らずとしては〈**遠《お》ち近《こ》ちをちこちと打つ砧《きぬた》かな**　蕪《ぶ》村《そん》〉〈**虹が出るああ鼻先に軍艦**　秋元《あきもと》不死男《ふじお》〉などが挙げられている。例句は全て一音のみの多寡《たか》。この定義に当てはまる句から見ていきたい。

鬼胡桃《おにぐるみ》吾の少年期誰も知らず　安達健治

五・七・六の「字余り」。下五《しもご》「誰も知らず」が口ごもっているかのような印象。「鬼胡桃」の頑《かたく》なな表情が「少年期」の一語と響き合う。

洗礼名はヨセフ白き棺《ひつぎ》にしぐれ来る　松田夜市

十・七・五の「字余り」。前述の厳密な定義からは外れるが、中七《なかしち》下五で調べを取り戻しているので定型感がある。「洗礼名はヨセフ」に対し「白」「しぐれ」が深い印象。字足らずも字余りも、内容と合致していることが重要であることはいうまでもない。

オランダ獅子頭《ししがしら》女優の家にもらはるる　国代鶏侍

祇園精舎《ぎおんしょうじゃ》の鐘の声諸行無常《しょぎょうむじょう》や読始　塚本治彦

前句は「オランダ獅子頭」が九音。季語自体が長いのは、上五《かみご》に置くのが無難。中七下五を定型におさめれば何とかなる。後句は、本歌取？「祇園精舎の鐘の声」が十二音だが、これまた中七で「諸行無常や」と定型感を取り戻し「読始」と季語でオチをつける。この類で有名な句〈**凡《およ》そ天下に去来《きょらい》程の小さき墓に参りけり**　高浜虚子《たかはまきょし》〉は、十三・

七・五の「字余り」。このあたりが「字余り」の限界に近いところだろう。ならば、「字足らず」はどのあたりまで許容できるのか。

秋の日や河馬《かば》の尻尾《しっぽ》の短《みじか》　岸下庄二

五・七・三の字足らず。「短しよ」とでもすれば定型になるが、「短」の一文字の視覚的効果と二音の字足らずが内容の愉快を演出。「河馬」の愛嬌《あいきょう》ある尻《しり》が見えてくる。

老牛一吼島に冬　清島久門

「一吼」は「いっく」と読むか。老いた牛の咆哮《ほうこう》に対し「島に冬」がどっしりと置かれている。ここまでくると完全なる自由律だ。冬の季節の手応えがある佳句だが、選外となった。

となれば、先ほどの「短」の二音ぐらいが、「字足らず」の限界ではないかと思えてくる。

術後の妻が目覚めて一語「雪が」　鶴田幸男

七・七・三で全部足すと十七音。切々たる調べが「妻」と「雪」の表情を伝える佳句だが、これは破調と定義すべき。十七音の中でどう音律を作るか。内容に似合う調べを自ら工夫する必要があり、そこが高度でもある。

以下の選には自由律や破調というべき句もまざるが、紙幅が尽きた。いつか改めて考察したい。

一席

裏切や湯にひらきゆくわかめわかめ

東京都　大堀　剛

上五「裏切や」が大胆。「湯」に開いていく「わかめ」の緑のように鮮やかな「裏切」とは果たして。下五のリフレインもまた鮮やか。

二席

好奇心ざくざく鮫《さめ》の歯の隊列

栃木県　荻田明子

「ざくざく」は押し寄せる「好奇心」であり、限りなく生える「鮫の歯」の仕組みでもある。「隊列」の比喩《ひゆ》に作者のワクワクが見える。

三席

韮山《にらやま》反射炉空蟬《うつせみ》十匹しがみつき

大阪府　赤澤皆春

「韮山反射炉」は明治日本の産業革命遺産。この固有名詞と言葉の質量のバランスをとっているのが中七の一音字余り。絶妙なる感覚。

秀作

鬼胡桃吾の少年期誰も知らず　千葉県　安達健治

秋の日や河馬の尻尾の短　兵庫県　岸下庄二

生け垣や猫の子猫の子また猫の子　奈良県　もりたきみ

いまはむかし弁当箱の鯨肉　大阪府　長谷歌子

洗礼名はヨセフ白き棺にしぐれ来る　愛媛県　松田夜市

始まりは芒《すすき》終わりも芒夜が更ける　静岡県　城内幸江

東日本大震災猫ひっつかみ逃げたこと　茨城県　宮川礼子

祇園精舎の鐘の声諸行無常や読始　神奈川県　塚本治彦

吃音《きつおん》のコココ酷暑吐きだすホッチキス　東京都　横山崩月

つぎとまります春は四百二十円　愛知県　有本仁政

阪神大震災忌なり息が苦しい　東京都　大網健治

退院といふ放心百日紅《さるすべり》真っ赤　岩手県　金野秀次

俯《うつむ》きたき向日葵《ひまわり》もありぬと思ふ　大阪府　西野　誠

術後の妻が目覚めて一語「雪が」　東京都　鶴田幸男

佳作

獺《かわうそ》魚を祭る可哀想な僕を忘る　秋本 哲

オランダ獅子頭女優の家にもらはるる　国代鶏侍

アオムネヒメエメラルドハチドリの森よ月よ　古瀬まさあき

追懐や炬燵《こたつ》塞《ふさ》ぐ朝　明 惟久里

童貞の冬闘魚震へて死ぬ　薄荷光

葉と朝顔葉と朝顔と整列す　石崎京子

大聖堂の如《ごと》く凍滝《いてたき》聳《そび》え立つ　一阿蘇鷲二

屍臭《ししゅう》の似島《にのしま》原爆忌　琉眉

草原の銀河に鳴らすパイプオルガン　蒼鳩

元旦はひとり女正月もひとり　ときこの母よしこ

生れ変はるとしたら太平洋の海月《くらげ》　曽根新五郎

五十六億七千万年後の地球や虫の闇《やみ》　可笑式

夕闇や花の撓《しな》垂《だ》れるは黒揚羽《くろあげは》　野津理恵

小春日やだるまさんがころんだ　箱石敏子

動物ら凍て針の月黄色く痺《しび》れ始める　ナルミカン

蜩《ひぐらし》カナカナここにブランコ　松元詩歩子

辻占《つじうら》や三十三間堂の楊枝浄水加持に待つ　愛しみのベラドンナ

頑張れは嫌ひな言葉短日　宮田よりを

下津井《しもつい》節桶《ぶしおけ》の海鼠《なまこ》に繰り返す　泥子

雪しまく汚染土の山山山山よ　百瀬はな

最終便に間に合ふやうに飲む三日　ひでやん

霙《みぞれ》ふるなかアウシュヴィッツに肩抱き合い讃美歌うたう　和田明子

かはたれ時のかはほりの歓喜　村上 徹

「複数の動詞」を詠む

タブーはテクニックに変換すべし！

「複数の動詞」いくつまでならＯＫ？

『俳句哀歓』の中で石田波郷《いしだはきょう》は、近代の大家の句を幾つか挙げ動詞の少なさを指摘し、以下のように論じている。「わづか十四字多いだけの短歌が、俳句にくらべると動詞は二倍にとゞまらず、三倍四倍してゐる。動詞だけでなく、他の叙述的な用語が非常に多くなつてゐる。語の連関もなだらかにつぎの語につながり、つぎの語を呼び起して流動的である。この流動的、時間的、詠歎《えいたん》的、思惟《しい》的なのは歌の表現の特色であるが、かういふものは俳句の形ではできない。俳句は短く、凝集的、空間的、感覚的、挨拶《あいさつ》的になるものなのだ」。

初学の頃、波郷の「一句に動詞は一つでよい」というこの主張に、いたく納得したものだが、やってはいけないことをやってみたくなるのも、俳句を楽しむ輩《やから》の性《さが》かもしれぬ。たった十七音で「流動的、時間的、詠歎的、思惟的」な表現ができるのではないか。好奇心が膨らむ。

が、投句を読んでいくと、そもそも動詞とはなんぞやの確認が必要なことに気づく。

物言はぬ目に鮟鱇《あんこう》の吊《つる》し斬《ぎ》り　加藤達明

「言は」が動詞「言ふ」の未然形となるが、「吊し斬り」は名詞になるのではないか。もしこれを動詞で書くならば「物言はぬ目の鮟鱇を吊し斬る」とでもせねばなるまい。

面売りの絞る訛声《だみごえ》村祭　神成田琴路

ご本人も「『売り』は動詞?」とコメントを添えておられたが、「面売り」は名詞だよね。動詞扱いにするなら「面を売り訛声絞る」とでもなるだろう。が、この二例なんぞは、名詞で書けばよいではないかと波郷先生に叱《しか》られそうな気がする。

ポテチ食べて孤独歯をみがいて寝る　荻子

無季だが「ポテチ」のチープ感と「孤独」は響き合う。が、「食べる」「みがく」「寝る」動詞三つを時系列で並べたに過ぎないか。

観る厭《あ》きる読む欠伸《あくび》する煤籠《すすごもり》　比々き

季語もあり動詞は四つ。破綻《はたん》はない。が、短歌における動詞の働き「流動的、時間的、詠歎的、思惟的」という使われ方ではなく、季語「煤籠」を動詞を連ねて表現したという感じか。

キノコあり見る嗅《か》ぐ触る食べて死ぬ　田上勝清

動詞が六つ。ここまでやってくれるとちょっと笑えた。作品としての価値云々はさておき、今回のミッションに対する意欲を買いたいが、波郷先生は激怒するかもしれない。

茸狩《たけがり》の声を殺して笑ひけり　塚本治彦

ぎんなんの爆《は》ぜて額を撃ちにけり　阿辻　豊

動詞二つの場合「〜て」の助詞で繋《つな》ぐケースが多い。「殺して笑ふ」は同時に、「爆ぜて撃つ」は時間経過を含んだ動きとなっている。

髪洗ふ母に燃やされないやうに　中山月波

動詞を含む季語＋動詞というケース。一読、ドキッとした。「母に燃やされないやうに」という比喩《ひゆ》が心に突き刺さる。「母」という生き物は知らず知らずのうちに我が子を燃やしているのかもしれぬと思うと、心が痛む。

とはいえ、動詞二つは特別難しいわけではないと改めて認識する。特選には、動詞三つ、複合動詞＋動詞の句を推した。果たして波郷先生はどうおっしゃるだろうか。

一席

牛の眼を濡《ぬ》らし雪積む眠らしむ

千葉県　安達健治

三つの動詞の主体は「雪」。一つ一つの動詞が、次の映像を引き出すように繋がっていく。黒々と冷え冷えと深まっていく静けさ。

二席

バッカスの病むごと朽《く》ちてゆく葡萄《ぶどう》

神奈川県　中島容子

カラバッジョの絵画からの発想。「バッカス」は酒の神。「病む」は比喩、「朽つ」「ゆく」の二つの動詞は季語「葡萄」を描写する。

三席

吐き切つて気球は秋の野を眠る

福岡県　藤崎由希子

「野に」なら気球が落ちてるだけだが、「を」は、気球というモノの意識や夢が低く漂ってるような心地。変な使い方だけど好き。

「複数の動詞」を詠む

秀作

末枯《うらが》るるそろそろ愛をはじめましょう　東京都　上峰子

わたしを撲《ぶ》つその手で蛍売るをとこ　福島県　可笑式

川越えをせむと風待つ木の実かな　福島県　高橋淳子

ありあまる余白に撓《たわ》む寒鴉《かんあ》かな　静岡県　等夜

茸狩の声を殺して笑ひけり　神奈川県　塚本治彦

われより出でて広がつてゆく枯野　栃木県　森　青萄

観る厭きる読む欠伸する煤籠　東京都　比々き

ぎんなんの爆ぜて額を撃ちにけり　京都府　阿辻　豊

蠛蠓《まくなぎ》を抜ける論文書き上げる　東京都　大堀　剛

足場組む光の高さ冬立ちぬ　栃木県　荻田明子

落書を許して障子《しょうじ》洗ひけり　東京都　板坂壽一

四日目の風邪に飽きたり卵割る　島根県　野津理恵

髪洗ふ母に燃やされないやうに　大阪府　中山月波

置き薬屋が坐込《すわりこ》み蚯蚓《みみず》鳴く　和歌山県　柚木みゆき

佳作

キノコあり見る嗅ぐ触る食べて死ぬ　田上勝清

息吸って吐く時に散る牡丹《ぼたん》かな　うさぎまんじゅう

鳥渡る藤壺《ふじつぼ》に似て富士の山　秋本 哲

大根切る友のままでと言はれし日　千田 愛

埋火《うずみび》や書きて消したる相聞歌《そうもんか》　世良日守

月のこと話さず歩く二人かな　可笑式

葛湯《くずゆ》とく恋の記憶の旧《ふ》りにけり　正岡恵似子

尿《いばり》する裸僧や祈る秋深し　向後保利

蒲公英《たんぽぽ》の絮《わた》吹く顔が崩れけり　伊藤博康

蛇衣《きぬ》を百遍脱げば人を食ふ　内田安夫

独り言くるんで捨つるマスクかな　内野 悠

ページめくれば本から小鳥飛び立ちぬ　みなみまり

鳥渡り来て母国語で呼ばはりぬ　松田夜市

碧眼《へきがん》の守宮《やもり》がみつむ吾《あ》も見つむ　ちろやん

心臓病む心臓喰らふ冬ざるる　七瀬ゆきこ

雪投げる雪積む雪食《は》む昭和の子　寺川育世

牡丹散る青空残しざざと散る　渡辺 実

抱き上げし嬰《やや》ふくしまの山滴る　伊東澄子

冬来たる富士を仰ぎつ墨を摺《す》る　萱沼方恵

父母は行くなと諭《さと》す片時雨《かたしぐれ》　木村圭一郎

糠床《ぬかどこ》を返す日焼の五指揃《そろ》へ　加藤美由紀

案山子《かかし》立つ家ある人は帰り行く　永田芳子

魚屠《ほふ》りつ、冬帝の通り過ぐ　薄荷光

タブーはテクニックに変換すべし！……「季重なり」で詠む

「季重なり」には質量のバランス⁉

「季重なり」の名句というとすぐに思い出すのが、中学校の教科書にも載っていたこの句。

くろがねの秋の風鈴鳴りにけり　飯田《いいだ》蛇笏《だこつ》

三十数年前、教員だった私はこの句を教えているはずなのだが、「季重なり」という意識を持って生徒たちに投げかけたのか否か、記憶が定かでない。「秋の風鈴」という

ひとかたまりの季節感を感受していたような気がする。秋になっても吊《つる》されたままの風鈴という存在が、そのまま季語になっている感覚だ。

「季重なり」の成功率が高いのは「〇〇の〇〇」と季語を合体させる技だろう。「冬の噴水」「春の檸檬《れもん》」「秋の金魚」なんて具合に幾らでもできるから、この手の句が沢山届くと思いきや、かなり難しい季重なりに挑んだものが多かったことに驚いた。

例えば、ほぼ季語で成り立っているこの名句に使われているテクニック。

ばか、はしら、かき、はまぐりや春の雪　久保田万太郎《くぼたまんたろう》

初めて読んだ時「ありかよ?!」と思ったけど、池波正太郎《いけなみしょうたろう》の小説の世界みたいで大好きな句。ぬけぬけとこれに挑戦した作品も。

なす生姜《しょうが》にんじん春のぬか床へ　明　惟久里

食べ物の句は美味《おい》しそうに描くべきだと思う。この「春のぬか床」へ押し込まれる野菜たちは、美味しい糠《ぬか》漬けになりそうだ。

とはいえ、万太郎句へのオマージュといえば聞こえはよいが、「ばか、はしら」から始まる詩的謎《なぞ》解きの面白さには遥かに及ばない。うーむ、畏《おそ》るべし万太郎。

「季重なり」を成功させる定石の一つは、強弱をつけるテクニック。例えばこんな具合。

夜桜やうらわかき月本郷《ほんごう》に　石田波郷《いしだはきょう》

三大季語「雪」「月」「花」のうち二つを使い、さらに固有名詞を入れての絶妙なる言葉のバランス。さすがだなあと思う。そうか、強めたい季語に「や」を付けて強調したらいいんだ！　ということではあるのだが……。

雪代《ゆきしろ》や十勝《とかち》平野に蕗《ふき》の薹《とう》　石崎民子

同じく季語二つ＋固有名詞に挑んでいる、その努力を大いに認めたいところだが、作品の世界がやや平板。波郷句との違いは何かと考えてみれば、中七《なかしち》「うらわかき月」という描写の詩的香り。このあたりにも、季重なりを成功させるヒントがありそうだ。

月光へ聖樹を灯す刻告げよ　高松一港

冴ゆる夜や枯芙蓉《かれふよう》めく手術痕《こん》　可笑式

きのふまで芒《すすき》けふから枯尾花　大村森美

他の季語を最も懐深く受け止めてくれる季語「月」との併用。片方の季語を比喩《ひゆ》にする方法。同じ季語を使う工夫など、季重なりのテクニックはまだまだあることに気づく。特選には「言葉の質量」のバランスを見事に取っている三句を推す。これらの作品は、「季重なり」がタブーではなく、高度なテクニックであることを証明してくれるはずだ。

一席

看病の夜食大《たい》蛾《が》の非常灯

千葉県　大和田美信

「夜食」「大蛾」が同じ比重で述べられているのに、互いを殺し合っていない。静かな咀《そ》嚼《しゃく》音、羽搏《はばた》きの影、鱗粉《りんぷん》の匂《にお》いまで生々しく。

二席

冷蔵庫聖夜の氷生み落とす

栃木県　萩田明子

「冷蔵庫」は季節感の薄い季語なので、「聖夜の氷」というフレーズを主役として押し出す。「生み落とす」の擬人化が一句を支える。

三席

鮟鱇《あんこう》の腹より鰯《いわし》昼の月

神奈川県　志村宗明

「鮟鱇の腹」を割けば「鰯」が落ちてくる。この光景を主役とし「昼の月」が背景を作る。鮟鱇は腥《なまぐさ》く、冬の昼月はぼんやりとぬるい。

秀作

マフラーを預け大縄跳びに入る　兵庫県　竹田むべ

蒸し上がる大豆匂《にお》へり雪催《ゆきもよい》　千葉県　﨑谷弘子

雪解の音は遍《あまね》くふきのたう　広島県　平本魚水

永き日を虻《あぶ》ふらここに止まりゐる　東京都　赤坂純也

亀の鳴く国に生まれて大朝寝　兵庫県　国代鶏侍

十二月八日の象へやる林檎《りんご》　大阪府　すりいぴい

夫はまだ時雨《しぐれ》の中に菊を愛で　福島県　高橋淳子

狼《おおかみ》も獺《かわうそ》もゐぬ良夜かな　兵庫県　葦　たかし

寒天干す棚にあちこち雪兎《ゆきうさぎ》　長野県　百瀬はな

薄氷《うすらい》に右手袋を捕らへらる　石川県　薄荷光

長き夜の長き踏切天の川　愛媛県　ひでやん

冴ゆる夜や枯芙蓉めく手術痕　福島県　可笑式

海髪《うご》茹《ゆ》でる浜や天皇誕生日　愛媛県　秋本　哲

未明より雪ふる天皇誕生日　奈良県　寺川育世

佳作

きのふまで芒けふから枯尾花　大村森美

月天心海峡渡る秋の蝶《ちょう》　蒼鳩　薫

障子《しょうじ》の穴覗《のぞ》けば月に覗かれる　はやしたか

月光へ聖樹を灯す刻告げよ　高松一港

熊穴に入る月光に見送られ　酒谷百合子

わが裸身夜の蟷螂《とうろう》に見られけり　坂本昭俊

雪の車窓ぷしゅとビールの甘き音　斗三木童

なす生姜にんじん春のぬか床へ　明　惟久里

熊鍋《くまなべ》と猪《いのしし》鍋の店はしご　小田慶喜

鏡中の初日を祝《ほ》ぐも初湯かな　高橋多津子

外套《がいとう》の賢治《けんじ》降り立つ冬銀河　内野　悠

枯尾花越後《えちご》の夕焼濃かりけり　内山幸子

鶫《つぐみ》来るジャングルジムの柿一樹　大網健治

あたたかや犬が子猫を育みて　藤崎由希子

風邪声も幸せさうな春着かな　森本博雄

まどろみの母よ冬日にほどけゆく毛糸　山内彩月

蟷螂枯る落葉に重く傾けり　山田登志子

あをあをと蝗《いなご》死す寒靄《かんあい》の中　米内君子

雛《ひな》の間にぺちゃくちゃ雪の解ける音　大塚陽子

雪代や十勝平野に蕗の薹　石崎民子

熱燗《あつかん》や明日は雪かきやったるぜ　木地　隆

牧開き馬蹄《ばてい》に始まる雪解かな　清水貞浩

繭《まゆ》の中に初夏閉じこめて淡萌黄《うすもえぎ》　荻子

「季重なり」で詠む

「絶滅寸前季語」で脳トレ!?

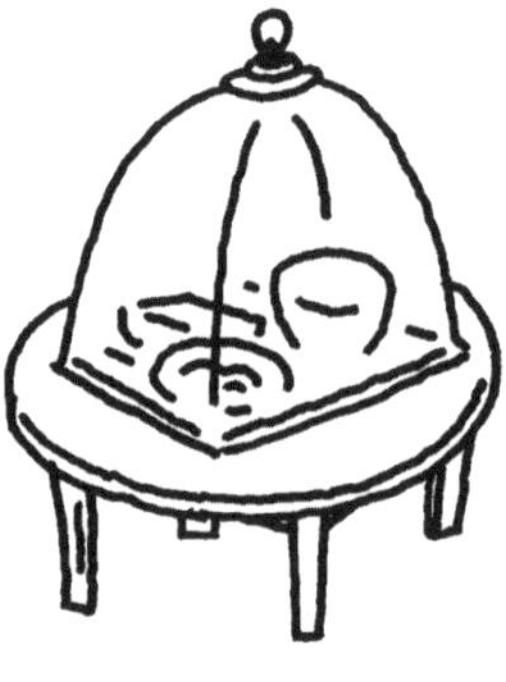

「絶滅寸前季語」とはいえ、全部が死語になりかけているわけではない。ここ数年折々見かけるようになった季語もある。例えば、大きなホテルのロビーやイベント会場に飾られている「花氷」は、猛烈な暑さ、電力事情、話題性等により復活を果たしつつある。

政界の派閥の会や花氷　山田山彦

「政界の派閥の会」に出席したことはないが「花氷」が飾られていそうな気がする。氷の中にはゴージャスな花束が閉じ込められていそうな気がする。透きとおる氷柱の周りには深慮遠謀やら人間関係やら権力抗争やらが複雑に渦巻いていそうな気がする。

華やかな棺《ひつぎ》としての花氷　宮川礼子

花氷使用済核燃料プール　渡部陽子

「花氷」の存在そのものが象徴的意味を持たせやすいので、「華やかな棺」という比喩《ひゆ》、「使用済核燃料プール」という意外性のある取り合わせ等へ発想を飛ばすこともできる。

花氷見つめられつつ痩《や》せにけり　川島次男

モノとしてそこに在れば、根気強く観察できる。「見つめられつつ痩せにけり」と一《いち》物《ぶつ》仕《じ》立《た》てで描写できるのも、モノとしてそこにあってこそ手に入れられる実感。「絶滅寸前季語」といわれつつも「花氷」の未来は明るい。

蠅帳《はえちょう》のひとつの角《すみ》のしょうゆ染《じ》み　箱石敏子

うどん屋の蠅取紙よ落ちるなよ　宮武美香

過去に見たことがあるのならば、それを脳内映像として再生するのは有効な手立て。実家で使っていた「蠅帳」には「しょうゆ染み」があったよな。「うどん屋」の「蠅取紙」の下の席に座る度に「落ちるなよ」と思ったもんだなと記憶を蘇らせる。「絶滅寸前季語」を詠《よ》むにあたって過去の体験は貴重な情報だ。

「蠅帳」「蠅取紙」は魚屋や魚市場とその近辺の食堂などで時折り見かける。そんな場所が近くにあれば、「絶滅寸前季語」吟行をオススメする。見られるものは見ておく、体験できるものは体験しておく。絶滅寸前だからこその俳人的好奇心を満たしておこう。とはいえ、体験することも見ることも無理という季語もある。そうなってくると、俳人の底力である想像力の勝負。現代に復活するとすれば？　と考えてみるのも一手だ。

俵編《たわらあみ》七百円の材料費　ヤッチー

俵編（米を出荷するための俵を編む）の作業はほぼなくなっているはずだが、郷土資料館の冬休み講座なんてありそう。「俵編」を体験してみませんか、というお誘いビラを想像。「七百円」という値段が妙にリアルだ。

童貞聖マリア無原罪の御孕《おんやど》りの祝日《いわいび》高き初診料　ひでやん

「童貞聖マリア無原罪の御孕りの祝日」が季語。二十五音もある。こうなってくると、言葉遊びに挑戦！　という気概だ。産科の「初診料」高いなあ！　という発想が愉快な一句。

「絶滅寸前季語」は、俳人が使わなくなってしまうと死語となる可能性が高い。言葉が消えることは、その文化が忘れられることだ。己の想像力を鍛える脳トレのつもりで是非挑んで頂きたい。リアリティは細部に宿る。それが攻略のポイントの一つだ。

一席

蠅帳《はいちょう》を伏せてファラオの墳墓《ふんぼ》めく

大阪府　すりいぴい

確かに「蠅帳を伏せて」みると「墳墓」の形をしている。敢《あ》えて「ファラオの」とする比喩との落差が「蠅帳」の俗を際立てて愉快。

二席

一の倉二の倉曝書《ばくしょ》すみにけり

東京都　曽根新五郎

「一の倉」「二の倉」に詰まっている書物は経典だろうか。壮大な「曝書」の光景の向こうには、三の倉まで見えてくるかのようだ。

三席

園児等《ら》の麦踏部隊到着す

大分県　加藤元二

「麦踏」を体験しようとやってきたのは近所の幼稚園の「園児等」だ。こんな形なら「麦踏」が蘇りそうだというアルアル感の一句。

「絶滅寸前季語」を詠む

秀作

政界の派閥の会や花氷　大阪府　山田山彦

花氷見つめられつつ痩せにけり　東京都　川島次男

初版本鞍馬天狗《くらまてんぐ》の曝書かな　奈良県　北岡正幸

マンションの通路にをんな曝書せり　静岡県　岡田和子

水売の雨に追はれて走り行く　東京都　伊東澄子

蠅帳のひとつの角のしょうゆ染み　埼玉県　箱石敏子

母郷とは蚊帳《かや》に収まる広さほど　大阪府　きゅうもん

釜蓋朔日《かまぶたついたち》木戸は夜に軋《きし》む　神奈川県　星埜黴円

水盗むカシオペア号駈《か》くる夜に　秋田県　大塚陽子

蛾眉《がび》の夜や万引き犯の手の楽譜　三重県　七瀬ゆきこ

銀婚の嫁金婚の竹夫人《ちくふじん》　静岡県　深澤洋子

うどん屋の蠅取紙よ落ちるなよ　香川県　宮武美香

俵編七百円の材料費　東京都　ヤッチー

童貞聖マリア無原罪の御孕りの祝日高き初診料　愛媛県　ひでやん

佳作

華やかな棺としての花氷　宮川礼子

花氷使用済核燃料プール　渡部陽子

花氷だれかおしゃべりしませんか　神垣静子

水玉の犬と揃《そろ》ひの簡単服　ぼたんのむら

妹はいつも桃色簡単服　山本加代子

cottonてふ音のかろきや簡単服　水木順子

父垢《あか》の軍隊手帳曝書せり　戸舟

背嚢《はいのう》の軍事郵便曝書かな　渡辺　実

母衣蚊帳《ほろがや》の寝息あまやか助産院　伊藤米子

蚕飼《こがい》の家から蚕飼の家へ嫁ぎけり　可笑式

陶枕やSP盤の息づかひ　平岩ひろみ

うたた寝の隠居や午後の金魚売り　善多丸

まだ温《ぬく》いうちに食うべし贄《にえ》の熊　渡辺啓充

復員の父迎へたる油団《ゆとん》かな　宗平圭司

口固き女中頭よ埋火《うずみび》よ　堀口房水

雀蛤《すずめはまぐり》になりても左利《ひだりきき》　薄荷光

八月大名《はちがつだいみょう》自販機などはどうですか　大網健治

晩酌や夫と比べる種痘痕《しゅとうあと》　池本ヒサ子

綻《ほころ》びの母の匂《にお》ひの菊枕　石川　明

肌脱げば些《いささ》か若き力瘤《ちからこぶ》　酒井　隆

ぎぎと鳴く掻掘《かいぼり》の手の上の泥　遠山比々き

海越えて来て傀儡師《くぐつし》の声枯れて　こはまじゅんこ

豺《おおかみ》獣《けもの》を祭る夜の星の巨《おお》き　あまぷー

「絶滅寸前季語」を詠む

実感や真実味を細部に宿すべし！……「虚の季語」を詠む

「虚」に生々しいリアリティを！

選句を始めて驚いた。めくってもめくっても雪女！　テーマは雪女だった？　と、再度確認したほどだ。選句の中で雪女を何百人闇《やみ》に葬ったか。雪女たちの冥福を祈りたい。

そもそも「虚」つまり虚構とは何か？　『大辞林』には「実際にはないことを現実にあったことのように真実味をもたせて書くこと」とある。現実にあったような真実味を描こうとする時、擬人化の季語は与《くみ》しやすいのか。一言で「虚の季語」といっても様々あるはずなのに、雪女に一点集中したのはなぜだろう。

〈**雪女三十路《みそじ》を一つ越すといふ**　岸下庄二〉雪女って一体何歳ぐらいだろうという発想から生まれた一句。池波正太郎《いけなみしょうたろう》的世界では、三十をちょいと越えた年増なんて艶っぽい感じになるが、イマドキの感覚でいうと十分に若々しい。「一つ越すといふ」だから、雪女と会話してるのがミソだ。酒場のカウンターで偶々《たまたま》隣に座った女性と語り合うイメージか。

逆に老いた雪女を想像した句もあった。〈**はすっぱの老雪女かも知れず**　内田和幸〉は、雪女の妖《あや》しさ美しさを裏切っているのが面白い。「老」という年齢だけでなく、性格は「はすっぱ」とくれば、知り合いにこんなオバチャンいるいる！　と思わせられる。そこがミソだな。

子持ちの雪女がいてもいいじゃないか、という発想もあった。〈**三歳の子がゐるといふ雪をんな**　金野秀次〉子持ちには見えない若く美しい女性を想像し、雪女に当てはめたか。ん？これも「〜といふ」という伝聞だ。口説こうとしたら子持ちだった、というスケベ根性も殿方にとってのアルアル感かもしれない。「三歳」という数詞がリアリティを醸し出す。

特別な人間関係や舞台仕立てだけがアルアル感を引き出すわけではない。いかにも雪女らしい動きを表現することでリアルは手に入る。〈**雪女祠《ほこら》をそれて行きにけり**　久保康輔〉曰《いわ》くありげな祠に入っていくかと思えば、祠を逸れて行ってしまったというだけの描写だが、物《もの》の怪《け》めいた動きそのものがリアルだ。

擬人化の季語として、春の造化を司る女神「佐保姫《さおひめ》」もある。が、投句数も質も雪女には敵《かな》わなかった。つかみ所がないのか？　身近な誰かに当てはめにくいのか？

一つ思ったのは、「雪女」は「雪」の一字だけで体験的季節感が確保されるが、「佐保姫」は体験的季節感を触発するタイプの季語ではない。春の季語としてメジャーではないので、季語以外の音数で春らしさを匂《にお》わせないとしっくりこない。十七音でそれを工夫しようとすると、雪女アルアルみたいな人物を描写する音数のゆとりはない。そういう意味では〈**佐保姫の瞳の色に暮るる海**　土井探花〉は巧い。「瞳の色」をクローズアップすることで、春の夕暮れの菫《すみれ》色の「瞳」だろうかと想像が広がる。これもまた一手だと納得する。

「虚の季語」を使って一句成立させるために必要なのは一欠片《かけら》の具体的リアリティ。それが、虚構を生々しいものとして立ち上げる。十七音の俳句においては、ほんの五音いや三音分の「実」が「虚」を成立させるということだ。

一席

蚯蚓《みみず》鳴く犬小屋裏の穴深し

愛媛県　秋本　哲

「蚯蚓鳴く」声は、どうも犬小屋の裏あたりから聞こえてくる。そこにあったのは穴。思いの外深い。覗《のぞ》きたいような怖いような穴だ。

二席

せうめいや雨情《うじょう》旧居のがらんどう

栃木県　荻田明子

「せうめい」＝「しょうめい」とは、蚊のまつげに巣くうという想像上の虫。野口《のぐち》雨情《うじょう》の素朴と哀愁の世界には、こんな虫もいそう。

三席

獺祭《だっさい》のあとの始末を川鴉《かわがらす》

神奈川県　飛田兼延

「獺祭」とは、獺《かわうそ》が自分のとった魚を並べること。並べ食い散らかした後の始末をするのは川鴉。日本昔話の一コマみたいな味わいの一句。

「虚の季語」を詠む

秀作

雪女祠をそれて行きにけり　島根県　久保康輔

雪をんな生臭し乳房のうつつ　愛知県　伊藤米子

雪女三十路を一つ越すといふ　兵庫県　岸下庄二

雪坊主写る集合写真かな　茨城県　山本加代子

狐火や途切れ途切れに臭ひあり　千葉県　吉野定治

亀鳴くや金印出でし地に立てば　山口県　御江恭子

蚯蚓鳴く生家解体する予算　愛媛県　猫愛すクリーム

雀《すずめ》蛤《はまぐり》と化す途中の異形　高知県　矢野貴子

朱華《はねず》色の夜明け雀蛤に　兵庫県　赤川京子

竜淵に潜む定年の日のロッカー　広島県　ぼたんのむら

幽霊の穴とも見えて人の口　千葉県　大坂吉也

猿酒《ましらざけ》銃口は火を飛ばしけり　兵庫県　登るひと

佐保姫の瞳の色に暮るる海　千葉県　土井探花

夜の青空まなこつむらず暖鳥《ぬくめどり》　神奈川県　東藤涼子

佳作

絆《ほだ》されて水となりけり雪女郎　伊東澄子

雪女猫の後追ひ死にたると　水木順子

雪女夫と九人の子を連れて　みつきみすず

三歳の子がゐるといふ雪をんな　金野秀次

はすつぱの老雪女かも知れず　内田和幸

雪女子規《しき》を見舞にいくと云ふ　相原智恵子

喪失の乳房の火照てる雪女　俳句の枝幸十佐

過去帳に雪女といふ先祖あり　堀口知子

墨を吸う穂先雪女消えにけり　渡部陽子

玄関の下駄裏がへり雪女　安藤美智代

狐火や五百羅漢《らかん》に差す死相　堀口房水

嘘《うそ》ついて針千本と亀鳴いて　ヤッチー

五時間目の用務員室亀の鳴く　月の道

亡き夫の恋人だつた亀鳴けり　深沢ふさ江

亀鳴くや明治の祖母の大きな手　勝　俊一

亀鳴くや耳朶《じだ》ににきびの疼《うず》く夜　大堀　剛

羊水に蠕動《ぜんどう》ありて蚯蚓鳴く　有本仁政

龍《りゅう》天に登る満月の摩天楼　飯村祐知子

竜淵に潜み鱗《うろこ》の残る空　柴　八千世

再婚の日や雀蛤となる　深草あやめ

風にのる太鼓や雀蛤に　はまゆう

田鼠《でんそ》化して鴽《うずら》となりし日の匂《にお》ひ　立川六珈

「虚の季語」を詠む

実感や真実味を細部に宿すべし！

「秋の寒さ」を詠む

「秋の寒さ」の微妙な違い

なぜ「秋の寒さ」を表現する季語がこんなにも多いのか。冬が目の前に来ている晩秋だからこそ「寒くなってきた実感」を俳人たちは、肌と心で嗅《か》ぎわけるのだなと思う。〈**身に入《し》むやおかずのやうに薬飲む**　柴　八千世〉の一句を借りて考察してみる。処方された薬の多さを「おかずのやうに」と比喩《ひゆ》し、そこに季語「身に入む」を取り合わせる。辞書的には「身に沁みる＝深く感ずる。しみじみ感銘する」の意だが、季語として

は秋の哀れや冷たさが深くしみ入ってくる感覚。「おかずのやうに薬飲む」という状態に哀れなる感慨を覚えているのだから、どちらかというと意識は自分の内面へ向いている。

微妙な違いを比較するために、季語を入れ替え、上五《かみご》を「冷《すさ》まじや」としてみる。「冷まじ」は「荒《すさ》ぶ」から派生した語。荒れ衰えるという意味を持つ「荒ぶ」から、秋の冷えがつのる感覚を表現する季語「冷まじ」が生まれた。「冷まじやおかずのやうに薬飲む」こうなると、その薬の数に凄《すご》みが増してくる。ならば、下五《しもご》は「飲む薬」とした方がいい。薬というモノに焦点が絞られるからだ。それにしてもこの季語を使った句は、どれも凄《すさ》まじい。〈**冷まじや爆砕されし磨崖仏《まがいぶつ》**　荒井良明〉〈**冷まじや誰でもいいから殺すとふ**　北島　衛〉〈**冷まじや牛には牛の責具あり**　清島久門〉等、まさに荒んでいる。

「朝寒」「夜寒」は時間情報が入った季語。朝の光と冷え、夜の闇《やみ》と冷えの中で飲む薬は、日々を刻む習慣のような意味合いとなる。同じ時間情報を含む「秋寒」には、いよいよ晩秋かという時間経過の意味が加わる。

「肌寒」は、肌の一字があるように、皮膚感に特化する季語。〈**三指《さんし》持て肌寒の脈取る朝《あした》**　木船君枝〉は、脈を取る「三指」と脈を取られる側の腕の皮膚感をありありと伝えている。

面倒くさいのは「うそ寒」「そぞろ寒」「やや寒」「うすら寒」。歳時記にいろいろ載っている「○○寒」について、本来の辞書的な意味を確認してみよう。

まずは「うそ寒」。この「うそ」は、「嘘」かと思っていたが「薄」の転化だそうな。動作や状態の程度が軽いとある。〈**うそ寒や日に日に亀のしをらしく**　渡辺啓允〉ぐらいの軽さが、この季語の本意に近いのかもしれない。

「うすら寒」の「うすら」も似ている。形容詞「薄い」の語幹「うす」に接尾語「ら」が付いたもの。寒そうに見える、光や色合いが弱々しい感じとある。〈**エンディング掠《かす》れフォントのうすら寒**　七瀬ゆきこ〉の弱々しさがこの季語と感覚的に似合いそう。

「やや寒」の「やや」は、副詞「や」を重ねた語なのだそうな。分量や程度がわずかであるの意。そういう意味であれば、やや拙《せつ》なる印象もあるが〈**やや寒の音の重さや我が杖《つえ》の**　上田清江〉という実感が季語を表現しているなと思う。

「そぞろ寒」の「そぞろ」は「漫ろ」だろうなと予想した通り。それとなく、わけもなくの意だ。〈**そぞろ寒指に残りし浄《きよ》め塩**　曽根新五郎〉は心情とも相まって、季語の実感がある。

「秋の寒さ」を表現する季語たち。違いが分かれば分かったなりにハードルも高くなるか。

一席

うそ寒や日に日に亀のしをらしく

兵庫県　渡辺啓充

動きの遅い亀とはいえ、動き回り甲羅《こうら》を干し餌《えさ》を食べる。「日に日に」という時間経過と「しをらしく」の描写に俳諧《はいかい》味と愛がある。

二席

原子周期表うそ寒の理科室の椅子《いす》

東京都　まどん

中七《なかしち》に置かれた季語「うそ寒」が「原子周期表」にも「理科室の椅子」にも及んでいくような味わい。破調が内容に似合っている。

三席

白川の砂のきららやそぞろ寒

京都府　岩﨑弘子

「そぞろ寒」の漫《そぞ》ろな気分を叙景として表現。「白川」「砂」の質感の違う白が美しい。「きらら」「そぞろ」という音の重なりもまた。

「秋の寒さ」を詠む

秀作

身に入むや星がこのごろ増えたやう
東京都　玲泉

身に入むや卓に投げ置く空財布
広島県　吉川雅晴

身に入むやおかずのやうに薬飲む
神奈川県　柴　八千世

冷まじや牛には牛の責具あり
大阪府　清島久門

冷まじや名刺吸ひ込むシュレッダー
東京都　比々き

朝寒に靴を濡《ぬ》らして戻りけり
長野県　木原　登

朝寒し吉備《きび》の社《やしろ》の長廊下
岡山県　うさぎまんじゅう

手相見と掲げて座せる夜寒かな
高知県　矢野貴子

下を向くキリンの睫毛《まつげ》秋寒し
福岡県　上原淳子

三指持て肌寒の脈取る朝
山口県　木船君枝

うそ寒や研究棟のマウスの死
三重県　大久保伊都子

うそ寒の廊下部活のトランペット
富山県　笽島紀代子

うそ寒や己占ふ占師
神奈川県　塚本治彦

そぞろ寒指に残りし浄め塩
東京都　曽根新五郎

佳作

身に入むや親を選んで子は生る　箕輪京子

身に入むや錆《さ》ぶるオブジェが風に鳴く　小島文英

身に入むや夜の酒場の手風琴《てふうきん》　八川信也

冷まじや爆砕されし磨崖仏　荒井良明

冷まじや誰でもいいから殺すとふ　北島　衛

すさまじや嬰児《みどりご》を背に拾う骨　ほろよい

朝寒や単身赴任の米を研ぐ　岸下庄二

朝寒や椀《わん》に残りし味噌《みそ》の滓《かす》　立歩

朝寒の体透く空ソーダ色　伊藤米子

四畳半ギター爪弾《つまび》く夜寒かな　大場広美

ルーバーの窓きりきりと夜寒かな　薄荷光

菜箸《さいばし》に味の染込む夜寒かな　城内幸江

うそ寒や茶室に屈《かが》む足袋《たび》の裏　じゃすみん

うそ寒や煮豆のかをりたつ厨《くりや》　野津理恵

ヨーヨー回す鏡の奥のうそ寒や　渡部陽子

うそ寒や足袋の小鉤《こはぜ》をかけ違へ　古川晴野

顔撫《な》づる理髪師の指うすら寒　24516

エンディング掠れフォントのうすら寒　七瀬ゆきこ

やや寒の音の重さや我が杖の　上田清江

やや寒や返すことなき砂時計　小出明男

針穴のやけに小さきそぞろ寒　荒尾るみ子

画像診る医師の横顔そぞろ寒　鈴木文子

名を思ひ出せずに笑ふそぞろ寒　戸部　脩

「秋の寒さ」を詠む

リアルに体験的に描くべし！……「スポーツ」を詠む

「スポーツ」の現場に立つ心持ちで

「スポーツ」を詠《よ》んだ句は沢山ある。「ラグビー」「相撲《すもう》」「水泳」「ボートレース」等スポーツ名が季語となっているものもある。ではなぜ「スポーツ」がむずかしいのか。

例えばこんな句。

髷《まげ》に切符はさむ力士や中央線　伊東澄子

「力士」が季語かどうかという問題はあるが、目の付け所がいかにも俳人的だし、「や」の強調からカットを切り替え「中央線」にくるあたりも巧い。が、これは「スポーツ」を詠んだ句というよりは「中央線」で見かけた秋場所の点景という趣きだ。

カバディカバディカバディカバディカバディ秋　　ひでやん

「カバディ」はインド発祥。カバディカバディと連呼しつつ、大人が鬼ごっこやってるみたいに見える。それをそのまま書くか！　とも思うが、当《まさ》にこんなもんだと愉快にもなる。

凸凸凸凸凸凸凸ラガー吼《ほ》ゆ　　ヒカリゴケ

七人制ラグビーを表現した一句。その知識を持ってないと理解しにくいが、「ラガー吼ゆ」で、「凸」は人のカタチをなぞらえていると分かると、面白がることはできる。

「カバディ」「凸」「ラガー」の句は機知を楽しむべき作品だが、実現したいのは、スポーツ現場の臨場感。まさにその場に立っている心持ちにさせてくれる句とはどんなものか。

匂《にお》ふ汗もろとも上四方固《かみしほうがた》め　　清島久門

まず考えられるのは皮膚感だ。「匂ふ汗」と敢《あ》えて嗅覚《きゅうかく》の念を押し「上四方固め」と技の名を書いてあるだけだが、読んだ瞬間、己ががっちりと上四方固めを決められている（あるいは決めている）かのような感覚になる。鼻先に突きつけられた臭う汗、汗の皮膚と皮膚が接触する一種の不快感と高揚感が、読み手の脳内に一気に流れ込んでくる。

この方向性においては「アキレス腱《けん》」「腕」「素手」「蹠《あうら》」「足の肉刺《まめ》」など体の部位を描くことも一手。体を使う「スポーツ」だからこその、確実なコツの一つといえる。

中断の夕立見つめる補欠かな　中矢　尚

スポーツの現場で否応なく出会う季語を率直に描くことで、作者と共にその場に立ったかのような感覚を持つこともできる。この句の季語は「夕立」。上五《かみご》「中断」の一語が状況を描き、動詞「見つめる」は「補欠」という人物の立場と心理を想像させる。

ハンマーを地軸味方につけて抛《な》ぐ　大堀　剛

ややもすると大げさになりがちな比喩《ひゆ》も、「スポーツ」の迫力を描写する上では強い味方になり得る。グルグル回転しつつ気合いもろともに投げる「ハンマー」。あの瞬間の力はまさに「地軸」を「味方」に付けているかのような実感だ。こうなってくると季語の有無なんぞは気にする必要がないかと思えてくる。

正式な競技名は「ハンマー投げ」だが、「ハンマー」という道具一つで競技の臨場感に結び付けられる。例えば、野球ならば「スクイズ」「ホームスチール」「フォアボール」等の用語、「九回裏」等の状況でも臨場感を表現できる。それらも小さなコツではあるが、最後の決め手はやはり動詞の選択だろう。そこを巧みに表現した三句を特選に推す。

「スポーツ」を詠む

一席

霜柱の総立ちラガー走る走る

兵庫県　中田　泉

「霜柱」に対する「総立ち」という描写が皮膚を刺す。それを壊して駆け抜ける「ラガー」たち。「走る走る」のリフレインの臨場感。

二席

延長の炎暑球児の影折れる

千葉県　安達健治

「延長」という状況、「球児」という人物。「炎暑」の強い太陽がくっきりと「影」を描き出す。下五《しもご》「折れる」が敗北の一瞬を描き出す。

三席

モーグルや山は愉快に人を投ぐ

石川県　薄荷光

「モーグルや」と強調してからの比喩が大胆。まるで「山」が「人」を投げたかのように見える「愉快」が、「投ぐ」の一語に沸《わ》き立つ。

秀作

ハンマーを地軸味方につけて抛ぐ　東京都　大堀　剛

競漕《きょうそう》の漕《こ》ぎ手の息の聞こえ来ず　大阪府　秋岡　実

中空を秋蝶《あきちょう》スクイズのサイン　大阪府　立川六珈

逆転のホームスチール夏つばめ　東京都　門倉一男

雲の峰九回裏のノーサイン　静岡県　麻場由佳子

天高し黒光りするアキレス腱　千葉県　上村実川喜

秋のスタート台齧《かじ》られそうなアキレス腱　三重県　七瀬ゆきこ

匂ふ汗もろとも上四方固め　大阪府　清島久門

松脂《まつやに》の匂ふリングや梅雨《つゆ》ながき　大分県　純音

中断の夕立見つめる補欠かな　愛媛県　中矢　尚

帰省子をエースに村の草野球　山口県　村橋克雄

敬老日何はさておきスクワット　千葉県　山中千恵

蜩《ひぐらし》の杜《もり》や老師の太極拳　兵庫県　赤川京子

天高し舌を嚙《か》みそな技決まる　神奈川県　安西小百合

佳作

炎天や決め球はこのストレート　竹内省司

惜敗のスコアボードや雲の峰　榧野　実

浜風に乗りて涼しきホームラン　城山憲三

夏めきて野球部の声太くなり　石﨑京子

獺祭忌《だっさいき》ファールボールを素手で捕り　かったろー。

雲ひとつ無き海原へ遠泳す　村上　徹

遠泳の太平洋の雫《しずく》かな　曽根新五郎

教え子に教えてもらう平泳ぎ　大島知子

八十歳の腕の力やバタフライ　鹿沼　湖

秋の土組体操の最下段　塚本治彦

大漁旗振りて町民体育祭　岡田武夫

蹠ちさく負けつぷりよき角力《すもう》かな　長谷歌子

鋭角にボレー弾けて蟬時雨《せみしぐれ》　堀　誠

ゆつたりと上がるトス美し秋日和《あきびより》　井上富士子

大北風《きた》やアンカー受くる赤襷《あかたすき》　池田昂平

先鋒《せんぽう》の背負い一本野分《のわき》晴れ　南田正太

黒帯のすり切れている星明り　田中準三

的を射てひとつ呼吸の秋の空　ときこの母よしこ

足の肉刺潰す部室や秋夕焼　寺内紀代

少年の足裏真白し寒稽古《かんげいこ》　荒尾るみ子

髷に切符はさむ力士や中央線　伊東澄子

カバディカバディカバディカバディカバディ秋　ひでやん

凸凸凸凸凸凸凸ラガー吼ゆ　ヒカリゴケ

「スポーツ」を詠む

リアルに体験的に描くべし！　「洋酒」を詠む

類想を抜けた「洋酒」の可能性

歳時記には酒の季語もある。酒を飲む場面を描いた句なんてのは幾らでもある。が、「洋酒」を詠《よ》むと限定されたら、皆どうするんだろう？　と単純に思ってのテーマであった。

手袋を外してホットウィスキー　石崎京子

手袋を外してホットワインかな　うさぎまんじゅう

いや〜参った！　多種多様な類想類句が届いた。多種多様という言い方は矛《む》盾《じゅん》していると思われるかもしれないが、類想類句の様々なパターンが集まったと言い換えてもいい。

「バーボンを呷《あお》る」ってなんかカッコイイから使いたかったんだろうなとは思うが、誰も彼もがバーボン呷ってると、もうそのへんにしといたらと忠告したくなる。一体何杯飲んだら気が済むのか!?　と突っ込みたくもなる。ましてや「バーボン呷る夏の果」は、うんざりだぜ、と言いたくなる。

とはいえ、「バーボン」×「夏の果」でも、取り合わせの妙は手に入れられる。

夏果のバーボン沢《さわ》木《き》耕《こう》太《た》郎《ろう》　有本仁政

作家「沢木耕太郎」という固有名詞が入るだけで「夏果のバーボン」が嘘《うそ》っぽくなくなる。人名が持つ磁場が一句の独自性を保証し始めるのだから面白い。

夏果てぬ小舟と銛《もり》とバーボンと　葦　たかし

「夏果」と「バーボン」の取り合わせは同じだが、「小舟と銛とバーボンと」と並べるだけで、この夏をどう過ごしたのか想像できる。小舟に積んだ銛で何を捕った夏だったのだろう。大人の冒険には「バーボン」の香りが似合うな。

「洋酒」を飲み、呷るのは当たり前だから、注いでみたらどうだろうと考える人たちもいたが、これがまた「紅茶へ洋酒」「料理へ洋酒」と入れ放題。さらに故人を偲《しの》んで

「墓へ洋酒」を掛け放題。今回どれだけの墓に「洋酒」が供えられたか、数える暇はなかったが、読者諸氏と共に故人の冥福を祈りたい。

鍋《なべ》に振るスコッチ玉葱《たまねぎ》に火の手　秋本　哲

これも「料理へ洋酒」発想だが、後半「玉葱に火の手」の描写が具体的かつ映像的だ。「スコッチ」じゃなくても、ブランデーでもワインでもいいのでは？　と考える向きもあるだろうが、「スコッチ」は英国スコットランドで製造されるウイスキー。ワインなら瀟洒《しょうしゃ》な、ブランデーなら濃厚な、スコッチならば素朴な「玉葱」料理となるのではないか。

とにかく「洋酒」らしさを出さねばと、吉田拓郎《よしだたくろう》の「ペニーレインでバーボン」を、チャンドラーの小説の台詞《せりふ》「ギムレットにはまだ早い」を詠み込んだ句もあった。人とは違う発想をと探しあぐねた末に、同じ所に着地してしまう。俳句ではよくあることだ。

白靴にダイキリ爪《つめ》は磨きたて　花屋

風死する夜のソルティドッグかな　中岡秀次

カクテルの名前は面白い。「白靴」と「ダイキリ」、「風死す」と「ソルティドッグ」。カクテルは数種の酒の組み合わせであり、俳句は季語との取り合わせ。様々な作品を生み出す可能性はまだまだあるぞ、「洋酒」には♪

一席

免税の洋酒月夜に棚ざらし

岡山県　森　哲州

免税店の倉庫か。下戸《げこ》なのに海外旅行でつい買った瓶が埃《ほこり》を被っている様か。「洋酒」とストレートに書く発想はコロンブスの卵だ。

二席

外は雪祖母は赤玉ポートワイン

兵庫県　あまぶー

「赤玉ポートワイン」は日本製の洋酒というべきか。「外は雪」からの展開が巧《うま》い。有名な半身ヌードポスターの時代が彷彿《ほうふつ》として。

三席

テキーラやホセおじさんは五人いて

東京都　まゆりんご

「ホセ」は在りがちな名前なのか。一族に「ホセおじさん」が「五人」いるという愉快。無季だがメキシコの太陽と大地が見えてくる。

「洋酒」を詠む

秀作

鍋に振るスコッチ玉葱に火の手　愛媛県　秋本　哲

夏果のバーボン沢木耕太郎　愛知県　有本仁政

夏果てぬ小舟と銛とバーボンと　兵庫県　葦　たかし

バーボンの封蠟《ふうろう》砕く神の留守　愛知県　小林禎志

バーボンを涼しく呷る男かな　長野県　木原　登

新涼の月光弾けハイボール　熊本県　楠田知子

葡萄酒《ぶどうしゅ》のラベルうるはし秋深し　千葉県　山下民子

ぶどう酒を湯呑《ゆのみ》で干すや早苗饗《さなぶり》期　東京都　小林悦子

カクテルの湖中に沈む秋思かな　千葉県　叶矢龍一郎

白靴にダイキリ爪は磨きたて　長野県　花屋

風死する夜のソルティドッグかな　大阪府　中岡秀次

足止めの空港大寒《だいかん》のラム酒　大阪府　江口小春

テキーラに咆哮《ほうこう》走り出す蜥蜴《とかげ》　神奈川県　天笠一止

ズブロッカ含み秋思の舌を灼《や》く　東京都　比々き

佳作

ウィスキーを青汁で割る生身魂《いきみたま》　国代鶏侍

立秋の腑《ふ》に落ちにけりウヰスキー　秦　浩

新雪を詰めて注ぎしウィスキー　長岡檜山

夏星をひとつ落してウィスキー　米内君子

帆船やバーボン薫る夏の宵　井上恵由

スコッチに木の焦げる香や敗戦忌　斎藤正幸

スコッチや夏の盛りの三つ揃　渡辺啓充

傷口にジンを注げと憂国忌《ゆうこくき》　目黒輝美

ジンロック守宮《やもり》現わるバーの壁　ときめき人

シャンパンは日だまりの色冬薔薇《ふゆそうび》　野本美食

筒鳥やワインの栓の抜き難し　青山典仁

拝領の葡萄酒ぬるく聖五月　中島容子

ショパンから始まるワイン夜長かな　石﨑京子

葡萄酒に秋夜母国語交りの祖母　山田喜則

青嵐おづおづ頼むジンライム　藤村清彦

白シャツの手首のタトゥーコンチータ　平本魚水

五杯目をぐいとテキーラ月朧《つきおぼろ》　佐藤広巳

完敗の夏テキーラのショットガン　竹内省司

ケーキ用ブランデーならある夜長　宮川礼子

ナポレオン注ぐやごつつと甲虫《かぶとむし》　山下　守

琉球《りゅうきゅう》のラム酒へたらり檸檬《れもん》かな　明　惟久里

本棚に遺るコニャック冬日さす　古川晴野

天使の夜長樽《たる》の寝息を聞きながら　ひでやん

「洋酒」を詠む

リアルに体験的に描くべし！……「冬の野生動物」を詠む

「冬の野生動物」の生きる現場とは!?

まずはお詫《わ》びしなくてはならない。テーマは「冬の季語となっている野生動物」の募集なのに、うっかり例句として〈**猪を撃つと小さな男行く**　高野《たかの》素十《すじゅう》〉を載せてしまっていた。ごめんなさい。以下、お詫びを込めての「猪」（秋）選をご紹介しておく。

風下にぬた場の猪《しし》を待ちにけり　塚本治彦

火の酒をぐいと呷《あお》りて猪捌《さば》く　松田夜市

猪の呼吸狙《ねら》ひ撃つ呼吸　ひでやん

鼻上げて海渡る猪島は晴れ　バムケロ

さらに佳句なのに、結果的にテーマから外れてしまっていた句もあった。特選に推したかった作品だけに、実に残念だ。

翔《と》ぶ栗鼠《りす》の尿《しと》とおぼしき雪の染み　重松　眞

枝から枝へ「栗鼠」が跳ぶ瞬間を「翔ぶ」と表現。「おぼしき」の一語が逆にリアリティとなって「雪の染み」を鮮やかに活写する。「栗鼠」が冬の季語ではないため選外だが、季語「雪」の世界で生き生きと描かれている。現場に立ってこそ発見できる「染み」だ。

さて、気を取り直して、「冬の野生動物」に話を戻そう。現代の一般人が野生動物と出会うってどんな場面だろうとぼんやり思っていたが、届いた句の中にはこの現場を詠《よ》んだものが多かったのに、驚きつつ納得した。

みち濡《ぬ》らし鼬《いたち》の臓腑《ぞうふ》はみでけり　ちろやん

烏《からす》群れて引き摺《ず》る野兎《のうさぎ》の屍《かばね》　宮川礼子

轢死《れきし》する生き物たち。前句「鼬の臓腑」がはみ出ている状況を描いた句は他にもあったが、上五《かみご》「みち濡らし」の描写に強いリアリティがある。後句も動物の「屍」に群がる「烏」等を描く、つまり二種類の野生の生き物を配した句もそれなりにあったが、中《なか》七《しち》「引き摺る」という動きの描写に現場証明がある。

鼬や野兎や狸《たぬき》のような生き物には轢死体としての邂逅《かいこう》があるが、熊あたりになると、普通の暮らしをしていてはなかなか出会い難い。となれば、熊のいない光景の中に野生の熊を描く方向へと発想が集まってくる。

予《かね》てより噂《うわさ》の熊のぬた場かな　破筋尊

目撃は二度らし熊は逃げたらし　野津理恵

前句「熊」の「ぬた場」を描いた句はあったが、前半「予てより噂の」という措辞《そじ》が巧い。この大きな「ぬた場」こそが「噂」の大熊のものに違いない。猟師たちは目配せをして、熊を追い始めるのだろう。後句は「らし」という推量で畳み掛ける。「目撃」されたのは「二度」だったらしい。二度とも「熊」は逃げたらしい。この語りは、猟師たちからの又聞きのような味わい。そこにも、ささやかなオリジナリティが読み取れる。

死体だったり、居なかったりではなく、そこに生きる野生動物を詠むことはやはり難しい。野生動物の現場に足を運んでも、偶然の出会いという恩恵を手にできるかどうか。彼らを脅かすことなく観察できたとしても、それを生々しく描写できるかどうか。是非とも季語の現場に吟行へ！　と言いたいところだが、くれぐれもご安全にと願いたい。以下、「冬の野性動物」の生きる現場に触れた三句を推す。

一席

ヘッドライトへ脱兎《だっと》の如《ごと》し脱兎かな

静岡県　山田浩司

言葉遊びのようでありながら「兎」の出現への驚きや「ヘッドライト」の映像、動きを見事に描写。「如し」と言い切った判断もよい。

二席

雪原にオジロワシ生きようと思う

三重県　七瀬ゆきこ

「生きようと思う」と呟《つぶや》くことで「雪原」に生きる「オジロワシ」を生き生きと想像させる荒業だ。助詞「に」の効果を特に誉めたい。

三席

足跡の中に凍《い》てたる貂《てん》の糞

東京都　津布久信雄

「足跡の中に」とクローズアップの描写。「凍てたる」ものは「糞」なのかと、まじまじ眺める。そんな現場証明のある一句となった。

「冬の野生動物」を詠む

秀作

切り裂いて闇《やみ》を鼬の静電気
広島県　平本魚水

鼬穴ふさぎ静かな夜は淋《さび》し
福岡県　市川武子

みち濡らし鼬の臓腑はみでけり
奈良県　ちろやん

熊の出る政令指定都市となり
神奈川県　石﨑京子

予てより噂の熊のぬた場かな
兵庫県　破筋尊

熊の毛のすり付けてある一樹かな
東京都　曽根新五郎

目撃は二度らし熊は逃げたらし
島根県　野津理恵

温かき熊へ潜《もぐ》りて熊を分く
大阪府　すりいぴい

狸轢死「タヌキ注意」の旗ゆれて
大阪府　琉眉

脳味噌《のうみそ》の飛出た野兎《やと》の腸《わた》を抜く
神奈川県　髙梨圭司

烏群れて引き摺る野兎の屍
茨城県　宮川礼子

野兎に畝《うね》のひとすじ許しけり
茨城県　稲葉由美子

隼《はやぶさ》や濤《なみ》の頁《かしら》を綴《と》じてゆく
静岡県　等夜

佳作

屋根裏のねずみ鼬にまかしとこ　小原紀代

鼬にも逢瀬《おうせ》ありけり月の坂　加茂前朱美

ひるがへる流線形や鼬去《い》ぬ　古川晴野

閃光《せんこう》の金色鼬かも知れぬ　山田喜則

農小屋に鼬ゐるらし獣臭　竹田むべ

鼬罠丹沢《いたちわなたんざわ》の月澄みわたる　志村宗明

屋根裏の鼬に聞かす童話かな　中井美智代

鼬見る顔もて鼬我を見る　船本峰月

眠りゐる熊を抱いたと祖父の嘘《うそ》　薄荷光

斥候《せっこう》の熊が市中へ攻めくるぞ　高橋淳子

雪上の熊の足跡崩れざる　鷲汀

飼ひ犬の腹を割きたる熊の爪《つめ》　酒谷百合子

野兎の瞳《め》のいきいきと雪月夜　木原　登

見失ふ刹那《せつな》をばねとなる兎　藤﨑由希子

狐の子でんぐり返し空の色　松元詩歩子

キツネキツネキツネ道道横切れる　日午

羚羊《かもしか》の懺悔《ざんげ》を迫る眦《まなじり》ぞ　大堀　剛

狼《おおかみ》を隠して山の暮れにけり　伊東澄子

四肢展ぐむささびも停電の街　有本仁政

むささびの夜は水平滑る滑る　荻田明子

わが上をまたむささびの飛びにけり　竹澤　聡

生温きたましひほうと吐くふくろふ　古瀬まさあき

「冬の野生動物」を詠む

II

対談

夏井いつき×江戸家小猫

動物俳句の知られざる世界

夏井いつき なついいつき

1957年、愛媛県生まれ、松山市在住。俳句集団「いつき組」組長。藍生俳句会会員。「夏井いつき俳句チャンネル」はYouTubeチャンネル登録者約7万人に迫る勢い。著書に『NHK俳句 夏井いつきの季語道場』他多数。

江戸家小猫 えどやこねこ

1977年、東京都生まれ。演芸家。曽祖父の代より親子四代、動物ものまね芸を家業とする。江戸家伝統の鳴きまねの他、鳴き声があまり知られていない動物のネタも数多い。2011年に二代目小猫を襲名。落語協会所属。

半田菜摘 はんだなつみ

1986年、北海道旭川市生まれ。動物写真家、看護師。2013年より本格的に写真を撮り始める。勤務先の病院や個展で作品を発表し一躍人気写真家となる。2021年、写真集『ピリカ』(エイアンドエフ)を刊行。

動物俳句

写真：半田菜摘

びいと啼《な》く尻声《しりごえ》悲し夜の鹿

芭蕉《ばしょう》

啄木鳥《きつつき》のこぼせるものの落ちもこず

皆吉《みなよし》爽雨《そうう》

水楢《みずなら》の縞《しま》の動きて小啄木鳥《こげら》をり

堀口星眠《ほりぐちせいみん》

木菟《みみずく》のほうと追はれて逃げにけり

村上《むらかみ》鬼城《きじょう》

ほうほうと梟《ふくろう》をまね父酔へり

大木《おおき》あきら

梟《ふくろう》はセロのどの弦弾けば鳴く

川代《かわしろ》くにを

木菟《ずく》啼《な》くや毛深きのどをふくらまし

林《はやし》 徹《てつ》

校庭を熊が眺めてゐたりちふ

相生垣瓜人《あいおいがきかじん》

動物観察 江戸家小猫

三秋

【鹿《しか》】

【牡鹿《おじか》】【牝鹿《めじか》】【小牡鹿《さおしか》】【鹿《しか》の声《こえ》】【鹿笛《しかぶえ》】

ニホンジカは角の形状でおおよその年齢がわかります。生まれてしばらくは角がなく、1歳を迎えるあたりで姫竹のような棒状の角がひょこひょこと。角が枝分かれしてY字になるのが2歳の頃。3歳あたりで角の枝がもう1つ、さらに4歳でもう1つ、最終的に4股《また》に分かれた立派な角に成長します。5歳から先は4股の角が年々立派になっていくのですが、個体差もあるので見極めるのは難しいです。なんとなくシカお答えできません。

エゾシカ

三冬

【鼯鼠《むささび》】

【ももんが】

森の奥から響いてくるドラミングの音、キツツキは森の大工です。彼らが器用につくった巣穴はやがて空き家となり、モモンガやリスなどの小動物が利用します。穴は次第に大きくなり、朽ちれば今度は虫たちの住処《すみか》に。その虫たちをまたキツツキが食べる。こういう命の循環が複雑に絡み合った世界を想像できるかどうかで、森の中にもうひとつの世界が見えてきます。木を見て森を見ずと言いますが、木が教えてくれることも重要なんですよ。

エゾモモンガ

三秋

【啄木鳥《きつつき》】

【けら】【けらつつき】【赤《あか》げら】【青《あお》げら】

キョッと歯切れよく鳴くアカゲラに対して、クマゲラは「キョオォー」と独特なリズムで鳴きます。あ！　クマゲラの声だ。と思った瞬間、想像していたよりも大きな黒い影がヒュン。これがはじめて出会ったときの思い出です。巣穴に近づきすぎると巣を放棄してしまう可能性があるから絶対にこれ以上は近づかないように。案内してくれた人が何度も教えてくれました。自然と向き合うルールを学ぶことも、絶対に怠《おこた》ってはいけません。

クマゲラ

三冬

【木菟《みみずく》】

【木菟《ずく》】【五郎助《ごろすけ》】

暗闇《くらやみ》でも狩りをするハンター、フクロウやミミズクの仲間は音を立てずに羽ばたくことができます。羽根の一部に鋸歯《きょし》状の細かなギザギザがあり、それが空気の流れを変えているそうです。新幹線のパンタグラフにも応用されている自然界が生み出した機能美。ある日、動物園のバードパフォーマンスで体験しました。本当に羽音がしないんです。聴こう！　としても聞こえないのですから、急に狙《ねら》われる動物たちの気持ちを考えると……。

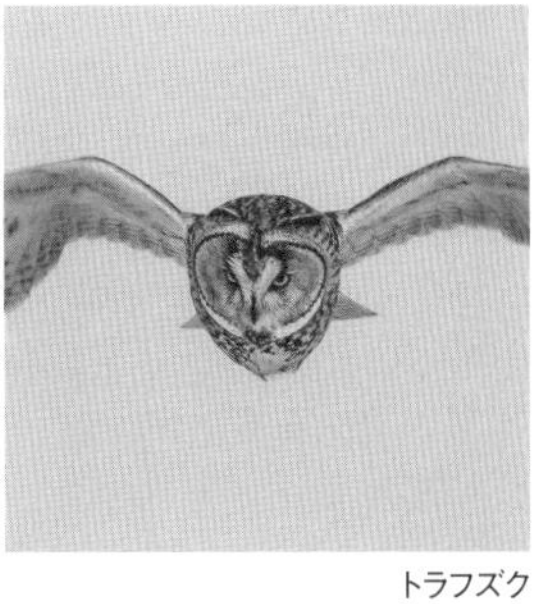

トラフズク

三冬

【梟《ふくろう》】

【母食鳥《ははくいどり》】【梟《ふくろう》鳴《な》く】【しまふくろう】【しろふくろう】

ちょこんと耳があるのがミミズクの仲間で、耳がないのがフクロウの仲間。そう覚えるとわかりやすいですが、耳のような突起は「羽角」と呼ばれる飾り羽。本当の耳は側頭部、人と同じような位置についてます。さらにアオバズクはズクがついても羽角がなく、写真のシルエットを見るとわかるとおりシマフクロウには立派な羽角があります。何だかややこしいですが、例外があるのもまた生き物の面白さ。そこに気づいてからが本番です。

シマフクロウ

三冬

【梟《ふくろう》】

【母食鳥《ははくいどり》】【梟《ふくろう》鳴《な》く】【しまふくろう】【しろふくろう】

所謂《いわゆる》「フクロウ」と呼ばれる種に、エゾフクロウ、キュウシュウフクロウといった亜種がいます。見た目はそっくり、同じフクロウでも生息環境は大きく異なり、それぞれの営みがあります。雪が当たり前の冬を過ごすフクロウがいれば、雪を知らずに育つフクロウもいる。冬の季語である彼らにも、それぞれの春があり、夏があり、秋がある。そんな広がりを心に宿せるかどうかで、この写真から伝わってくるものも大きく変わりますね。

エゾフクロウ

三冬

【木菟《みみずく》】

【木菟《ずく》】【五郎助《ごろすけ》】

アオバズク

アオバズクの亜種、リュウキュウアオバズクと沖縄本島の北部で出会いました。特徴は黄色が映える大きな目。ところが、初対面の瞬間に感じたのは「聴かれている」という感覚でした。静寂の音を聴いているのではないか。フクロウやミミズクの仲間は獲物との距離をより正確に測るため、左右の耳の高さがずれているんです。なるほど、と自分も首をかしげてみましたが、聞こえる音はいつもどおり。あちらは不思議そうに私を見ていました。

三冬

【熊《くま》】

【羆《ひぐま》】【月輪熊《つきのわぐま》】【黒熊《くろくま》】

ヒグマ

クマの名前の由来は鳴き声だという説があります。喉《のど》を鳴らすように「クポッ」と鳴くクマを何度も動物園で観察しました。たしかにクマとも聞こえる独特な声です。それとは別に、子グマが親クマを呼ぶときの声が「クーマッ」と聞こえるという説も。こちらは現在調査中。動物の名前の由来というのもいろいろ調べてみるととても面白いです。ちなみにクマが威嚇《いかく》するときの唸《うな》り声は、ガオーではありませんよ。もちろん「ベアー」です。

ものまね芸で発見！動物俳句の音
～秋・冬編

夏井いつき

江戸家小猫さんとのご縁は、二〇一六年、ＮＨＫ俳句で「似て非なる季語たち」を年間テーマに掲げ、選者を務めた時に、番組ゲストにお招きして松虫と鈴虫の鳴きわけをお願いしたのが始まりでした。翌二〇一七年度の「音を楽しむ季語」では、準レギュラーとして、番組で度々生き物たちの声を披露してくれました。今対談では、俳句に詠まれた動物たちの姿を語り合います。動物の生態や鳴き声をよく知る小猫さんの臨場感ある鳴きまね芸を織り交ぜての対談。活字で可能な限り再現した「音」を、頭の中で想像しながら、また声に出しながら、お楽しみください。まずは前編の秋・冬編から。

鹿《しか》

小猫さんとは「ＮＨＫ俳句」の番組でご一緒して以来。オンライン対談でお顔を見ながらお話ができるとのことで、楽しみ！

「お久しぶりです」のご挨《あい》拶《さつ》もそこそこに、いきなり一句目から問題が勃《ぼっ》発《ぱつ》。

> びいと啼《なく》尻《しり》声《ごえ》悲し夜の鹿
>
> 芭《ば》蕉《しょう》

ずーっとこの句、私は「ぴいと啼」だと思い込んでたんだけど、諸々の本の表記は「びい」になっていると、編集部からの指摘。「私、鹿の声聞いたことあるんだけど、ピイ〜って

綺《き》麗《れい》な鳥みたいな声で鳴いてたよ」と小猫さんに訴えると

小猫「僕の感覚では明らかにピイです」

そうだよねって二人で芭蕉に勝った気になったけど（笑）、文献的調査は編集部に任せ（註1）、私たちはひとまず前に進むことに。

そもそも「尻声」ってどんな声なの。

小猫「この鹿の鳴き声は悲しい夜の鹿。となると、これは縄張り宣言と発情期に入る前の雌に対するアピールを兼ねている、音が尾を引きずるような声。縄張りにいる雌たちに声が届くように鳴く。イメージとしては……」

と、指笛で鳴いてくれたのがこの音。

ぴいゆー、ぴぃーーーゅ
　ぴぃゅー、ぴぃぴぃぴゆッ

そう！　私が聞いたのもこの声だった！

註1『笈《おい》日記』の支考《しこう》書留が「ひいと啼」であったが、芭蕉書簡では「びい」となっている。

小猫「ピイが短い時と、少し尾を引くような時と。まさに鳥の声のような、どこから聞こえてくるかわからないのですが、山奥から聞こえてくる。この句の情景からすると、この声以外考えられないです」

鹿たちが尻声で鳴くのは、九月から十一月頃らしいんだけど、それ以外の季節にも鳴くんだよね？

小猫「親子のコミュニケーションとか、自分の何かを伝えたい時とか。喩《たと》えるならば、扉が軋《きし》むような声で」

ぎいいうう、ぎゆゆうーん

え？　甘えるにしては、荒《すさ》んでるな（笑）。

小猫「そんなに大きな声ではないので、お互いの距離感が近い。で、ある程度数がいて、コミュニケーションをとっているような、……」

ぎゆいーー、ぎゆゆうーん

これは鹿独特の季節変わらず鳴いている声なんだそうな。「鳴き声は近くではしわがれているが、遠くで聞くと哀調を帯び」と解説している歳時記もあるんだけど、それってどういうことなの？

小猫 **「しわがれている声は、コミュニケーションの声なんじゃないかと思います」**

なるほど、遠い近いという距離ではなく目的が違うってことね。

小猫 **「さらに発情期まっただ中は、しわがれたというか、人の叫び声のような」**

ぎぃぎゅぅーーーっ

いやーあっぐぅごおぉぉう

確かに今のは猛々しい雄叫び。

小猫　「ですから、夜・尻声・悲しいとくれば、まさにピイです。ビイって音になると鹿の声には何も当てはまらない。腑《ふ》に落ちないです」

この句のポイントの一つが「悲し」という感情語。これは鹿自身が悲しいというよりは、聞いている人間が感情移入して「悲し」と受け止めているのですよね。

小猫　「この句には、音が伝わってくるまでの距離を感じます。ピイと鳴く鹿がある程度近くにいると、結構煩《うるさ》いので（笑）、離れた所から伝わってくると、聞いた人の心に悲しいという感情が生まれてくるに違いないと」

なるほど、「悲し」の一語から距離感を嗅《か》ぎ取るのが、さすがは小猫さん。

啄木鳥《きつつき》

啄木鳥のこぼせるものの落ちもこず

皆吉爽雨《みなよしそうう》

単純に「こぼせるもの」が木屑なら落ちてくるよね（笑）。啄木鳥には、木屑を落とさない技術があったりするの？

小猫「いや〜啄木鳥たちは木屑に対してなんの執

着もないので（笑）、彼らが木を突く理由は二つ。巣を作るためと餌《えさ》を採るため。ほらこんなふうに」

と見せてくれた熊啄木鳥《くまげら》の採餌《さいじ》木の写真。木の幹に縦長い傷がずーっとついてる。

小猫「木一本丸々、中にいる虫を順番に突いていく。根こそぎとり続けるんです。木屑はとことん落ちていくはずです（笑）」

となると、この句の「こぼせるもの」は比喩《ひゆ》なのかな。

小猫「僕は風を感じました。作者が、これを下から見ているのなら、落ちてこないのは風のせいなのかな、と思います」

なるほど、それも素敵な解釈。突く音だったり、風だったり、木屑だったり、もっと抽象的なものだったり、色々に読めるってことかな。

水楢《みずなら》の縞《しま》の動きて小啄木鳥《こげら》をり　堀口星眠《ほりぐちせいみん》

小猫「小啄木鳥も斑《まだら》な感じの背中をしているので、水楢の幹の縦縞が動いた？　と見えたところに小啄木鳥がいた、という感じでしょうか」

下《しも》五《ご》「をり」と言い切るところに、確かに見た！　という現場証明があるような気がするね。

啄木鳥は独特の動きをするので、見つけやすい鳥なんだそうな。

小猫「枯れた木やあまり枝葉のない木にとまるので見つけやすいです。そして、叩《たた》く時の音、ドラミングというんですが、静かに森の中で、こんな風に」

ぐうがあがあごぐぁががが

ぐうがあがあごあああぁ

ええー!?　森に行くとこの声に出会うことあるけど、器量

の悪い鳥が鳴いてると思ってた！

小猫　「一つ一つが突いている音の粒なんです。一秒間に二十回ぐらい」

それって啄木鳥の小さな頭にとって、すごい負担じゃない？　私、自分の躰《からだ》で季語をキャッチしたいもんだから色々想像するんですよ。啄木鳥の身になってみると、ヘディングを一秒間に二十回やるようなもんでしょ。脳震盪《のうしんとう》おこすよ！

小猫　「僕も全く同じ感覚で動物を見ているので、例えば怪我した鳥が、傷が治って飛べるようになった翌日、筋肉痛にならないのかなとか（笑）」

小猫さんの解説によると、時速二十五キロぐらいで壁に頭をぶつけるほどの衝撃なんですって。でも、彼らの頭は三重のクッション構造になっていて、それがヘルメットにも応用されているらしいと聞くと納得。さらに虫を掬《すく》い取るための舌がすごく長くて、その舌は脳全体をぐるっと包むような形で収納されるのですと、身振り手振りで説明してくれる小猫さん。話の一つ一つに惹きつけられる。
さらに熊啄木鳥など大型タイプの啄木鳥の突く音も聞かせてくれる。

あ゙あ゙あ゙ぐ゙ぁわぁぁぁぁ
ぐをぉぉぉ゙あ゙あ゙あ゙わ゙ぁぁあ

鳴き声だと信じてた音が、実は突く音だという情報を貰《もら》ったとたん、突く音として自分の耳が反応する。新鮮な驚き！
音の先入観という意味では、次の梟《ふくろう》も結構厄介かもしれないな。

梟《ふくろう》・木菟《みみずく》

木菟のほうと追はれて逃げにけり

村上《むらかみ》鬼《き》城《じょう》

ほうほうと梟をまね父酔へり

大木《おおき》あきら

確かに私も、あんな形の鳥で夜鳴いてるヤツはみんなホウホウだな、で片付けてるところあるな。

小猫「夜のどこか森の深いところから、ほうほうって聞こえてきたら、これはもう間違いなくなんらかの梟なんです。でも、梟の種類によって、リズムなどが全然違うんです。例えば、本《ほん》土《ど》梟《ふくろう》はリズムが独特なんですよ」

小猫さん、今度は両方の手のひらを重ね空洞を作り息を吹き込む。手の形、息の強弱を探りながら梟の声に調整していく。

ほほっ、ほほー
ぽおっほお、ほぉーほぉー

小猫「こういう声を聞いたら、ほうとか、ほうほうとかと書き留めるかな。ただ、ほうという音を純粋に鳴いているとすれば、青葉木菟《あおばずく》（註2）という梟ですね」

ほぉーふぉーほお
ほお、ほぉっーふぉー

小猫「北海道の鷲木菟《わしみみずく》なんかは、もっと人の声に近い低い声で」

註2梟、木菟は冬の季語だが青羽木菟は夏の季語。

ほぉうほ、ふぉぅっほー

小猫「島梟《しまふくろう》は、体も大きい分、低音を響かせている感じです」

ぼぉーん、ぼぉ

ぼぉうーん、ぼぉぶぅーん

小猫「今、鳴かせていただいた音は、みな基本的にはほうほうではあるんですが、ただのほうほうでもない（笑）」

ほうほうのアレンジがここまであるんだ。高い低い短い長いそしてリズム。確かに違う。

梟はセロのどの弦弾けば鳴く　川代《かわしろ》くにを

小猫　「この句のセロに近いなと思っているのは、木葉木菟《このはずく》（註3）です」

木菟は梟の一種で、耳のように見える羽角《うかく》がある。
梟と木菟の一番の違いは、羽角があるかないか。

註3夏の季語。鳴き声が「ぶっぽうそう」と聞こえることから、「声の仏法僧」とも呼ばれる。

こほっ、こふぉ、ぽっー
ぽっ、こほっい、ぽー

小猫「先ほどのほうほうの二句は、いかにも梟らしい声が聞こえてくるなという認識で構成された句だけど、もしセロの句の作者が、同じようなほうほうという声を聞いていたのだとしたら、自分の引き出しからセロという言葉を出してくるのは難しいんじゃないかと。だとしたら、木葉木菟の声を聞いていたんじゃないかと推測します」

すごーい小猫さん、まさに俳句探偵！

小猫「セロに喩えてくれることで、木葉木菟が想定できる。そこに、僕なりの俳句の面白さを感じます。音をどのくらい句に込めているのかも見えてくるんです」

木菟《ずく》啼くや毛深きのどをふくらまし　林《はやし》徹《とおる》

私ね、ロケでカメラさんが、時鳥《ほととぎす》があの梢の奥にいますってピント合わせてくれて、まじまじと見たことがあるの。その時、時鳥の喉《のど》がいきなりぷっくり膨れてきたかと思ったら、あの声が出てきて吃驚《びっくり》した。声って、こんなふうに塊《かたまり》みたいに吐き出されるんだって。この句の「毛深きのどをふくらまし」も同じだなと思って。

小猫　**「時鳥は、個体によってはかなり遠く離れていても聞こえるぐらいの音量なんです。体全身を使って音を放出します」**

ぴゆ、ぴゆ、ぴゆぴゆぷう、ぴゆ
ぴいゆっぷ、ぴゆぷゆぷ、ぴゆっ

小猫「意識的に、音をボールにして出す感じなんです。見てくださった、時鳥が喉をふくらませて声を吐き出す様子。塊で音を出す、全く同じ感覚です！」

この句は、まさに俳人の観察眼といっていいんですね。

小猫「特に、毛深き、の部分。梟は、鳴くときに喉が膨らみ、まるで逆毛が立つように羽毛のフサフサとした感じが強調されるので、その点も鋭い観察眼です」

熊《くま》

校庭を熊が眺めてゐたりちふ

相生垣《あいおいがき》瓜人《かじん》

俳人は、季語の現場に立って吟行をしたいものですが、さすがに熊の現場は難しいよなと思ってきたけど、その熊が昨今は校庭眺めたり人家に入ってきたり。生き物の世界がぐちゃぐちゃになってるね。

小猫「気候の変化や環境変化で、里山のような程良いグラデーションで保たれる自然が少なくなっている。動物の生息するエリアと、人間の生活するエリアが、いきなり鉢合わせする状況になっているんですね」

　ということは、温暖化が季語「熊」のイメージを変えてしまう可能性があるってことか。気候が、季語の本意を変える？

小猫「最初の鹿の句で私が言った、距離感って大事だと思うんです。例えば四階の校舎にいて、教室から、熊がいる～と言ったら、それは好奇心の対象だったりしますが、一階だったら、熊と同じ校庭にいたら、それは明らかに恐怖の対象になります。動物の季語における距離感という認識は、一つの興味深い基準になるかもしれません」

小猫さんにお会いして、聞きたいことを沢山質問させてもらうと、知識の欠片《かけら》が自分の中に少しずつ蓄積してくる。知識の土台を頂けることで、その上に、新しい何かが発見できる。それが有り難いし、楽しい。

ほんとに自分の耳で聞いてますか、ほんとに自分の目で見てますか、と、もう一回自分に問いかけるきっかけにもなる。

小猫「普段、僕は、目と耳に意識をもって動物の世界のほうに足を入れているので、こういう形で動物の俳句をみると、たぶん先生が感じていらっしゃる言葉の世界と、真逆の方向で新しい発見を得られる。そういう楽しみがあります」

ありがとう、小猫さん。

対談を終えて

江戸家小猫

今回の対談のあと、私はすぐに動物たちの鳴き声を聴き直しました。するとどうでしょう。セロに例えるなら木葉木菟の声しかないと思っていたのに、青葉木菟の声などもセロで奏でられるのではないかと思えてくるのです。

人というのは面白いもので、先入観にとらわれてしまうと、ちゃんと観なくなったり、ちゃんと聴かなくなったり。ですからそうならないようにニュートラルな気持ちをもって動物と向き合い、これまでたくさんのことを学んできました。

学びは見える世界や聞こえる世界、表現の幅を広げてくれます。一方で学ぶことで狭まるものもある。それを今回の対談から教わりました。先入観にとらわれないための知識が、さもすると新たな先入観になりうるということ。

この気づきは今後の自分に収穫をもたらしてくれそうです。もしかしたら縄張りを主張する鹿の声も、時には「びい」と聞こえてくるかもしれません。言葉の世界から見る動物たち。やはりとても奥が深いですね。勉強させていただきました。

対談訓 その一

先入観に囚われるべからず！

森の中で聞いたことのある音が、啄木鳥《きつつき》が木を突く音と知って、「何か別の器量の悪い鳥が鳴いてると思ってた！」と驚く夏井先生。小猫さんが再現した、耳覚えのあるその音が、ドラミングの音と教わった後でもう一度聞かせてもらうと、今度はちゃんと連打する音として認識される不思議。知識や情報が、聞く人の耳を変えてくれることを目の当たりにした瞬間でした。

一方で、「梟《ふくろう》＝ホウホウ」だと、多くの人がなんとなく共有している「知識」が、聞く耳を遮断してしまうケースもあります、と小猫さん。「先入観なく初めての音に出会ったとき、果してこれは何の音なんだろう？と過去の経験やデータと脳みその中ですり合わせる作業の楽しさ。それは、初めて聞く未知の音でしか体験できないことなんです」。「鶏といったらコケコッコー」も共通認識の代表例。「でも鶏の声をちゃんと聞いたら、コケコッコーと聞こえるかどうか？　音と向き合う面白さはそこにあると思っています」。

音に関する思い込みの不思議に触発されて、話題は夏井先生が主催する「句会ライブ」の体験へ。小学校の低学年を対象とした「オノマトペ句会ライブ」では、学校にある音の出るものについて、子どもたちに尋ねるのだそう。たとえば「太鼓の音ってどんな音？」と聞くと、「どんどこどん」「どんどん」などと子どもたちは答えます。そこで実際に音楽教室から太鼓や小太鼓を持ってきて叩《たた》いてみせると……「えーっ!?」という反応が一斉に。「どんな音で鳴ってた？」と聞くと、「全然どんどこどんじゃなかった！」。「それまでも聞いたことがあるはずの音なのに、そこで初めてチャンネルが切替わって、自分の耳をちゃんと使って聞き始めるのね」と夏井先生。「まさに鶏＝コケコッコーという先入観を打ち砕こうという試みなんです」。

「先入観の殻を破る好奇心を持っている方が、新しい発見ができるのだと思います」と小猫さん。現場で何か音が聞こえてきたら、「音の出どころ」を辿って確認しにいく。それで「張本人」の生き物がそこにいたら、よく観察する。「音を見るような感覚で、目と耳の両方を使って身体に音を吸収します」と観察法を披露してくれた小猫さん。吸収した音を、自らの身体を駆使して出力する至芸の持ち主ならではの、説得力ある観察術です。

（文・編集部）

ものまね芸で発見！野鳥俳句の音

～春・夏編

江戸家小猫

春・夏編の主役は野鳥たちです。野鳥が詠まれた俳句について、その鳴きまねを織り交ぜながらの対談。後編は、小猫さんが再現します。

鶯《うぐいす》

いつき「やっぱり鶯《うぐいす》からですよね、これは！」

夏井先生のこの一言で対談スタート。お家芸として曽祖父の代から百二十年以上、季節感なく年中無休！（笑）舞台で鳴きつづけている鶯ですからね。他のどの鳥よりもしっかり観察してきた自負があります。

俳句の世界における鶯についてお聞きすると、

いつき「鶯って俳句の世界では例句もたくさんあって、例句を探すのに苦労はなかったんですけど、ただ、音の聞き取り方とか、観察の仕方とか、けっこう違うんですよ」

まずは気配の話から。

鶯のけはひ興りて鳴きにけり

中《なか》村《むら》草《くさ》田《た》男《お》

いつき「『けはひ興りて』っていうのは、何か科学的な匂《にお》いはしますか？」

鶯はなかなか姿を見せてくれない鳥なんです。ただ、繁殖期にはよく鳴きます。まず鳴き声を待ってから、音の出どころに目星をつける。その付近の枝葉の動きをよく見ていると、小さな影が動く。鶯を探すときは、こんな感じのプロセスです。もしかしたら先に鳴き声を聞いていた可能性がありますね。

いつき「じゃあ、この草田男の句は嘘《うそ》っぽい？」

と先生のお茶目な切り返し。

もうひとつの可能性として、場がもっている気配もあります。頬白《ほおじろ》という鳥が枝のてっぺんを好んだり、翡翠《かわせみ》がお気に入りの場所に何度もとまったり。そういった習性がわかってくると、経験則から「けはひ」を感じることはできるかもしれません。

いつき「え！　今の話を聞いたら、中村草田男はハイアマチュアだっ

たかもしれない？」

そうですね。生き物そのものの気配なのか、そこの場所から醸し出される気配なのか。どっちだろうと想像するだけでも鑑賞の世界が広がりますよね。

うぐひすの九つねりて初音《はつね》哉《かな》　蓼太《りょうた》

いつき「そしたらこの句の『九つねる』って何？」

これはおそらく谷渡りじゃないかなと。鶯は皆さんよくご存知、ホーホケキョ！　という囀《さえず》りの他にこんな声でも鳴きます

（コの字に曲げた小指を口に咥《くわ》える江戸家ならではの指笛でひと鳴き）。

ケケケケケケ、ケキョ、ケキョ、
ケキョ、ケ、ケキョ、ケキョ

これが谷渡りと呼ばれる鳴き方です。縄張りをもつ雄の鶯が、テリトリーに侵入してきた他の雄などに対して出す警戒音といわれています。その谷渡りを表現する上で、この句はとても面白い言葉の選び方をしていると感じました。

いつき「なるほどー。『九つ』って具体的に言っているし、鳴き声に対して『ねる』という表現がオリジナリティであり、リアリティであり、ということなんですね」

とにかくしつこいくらいに、ケキョ、ケキョ、と音を重ねていく鳴き方ですから、九つという具体的な数字が臨場感を出しているのは間違いないですね。

うぐひすの初音は深き水の如《ごと》

垪和《はが》久仁子

いつき　「『九つねる』って表現する人がいて、『深き水の如』って表現する人がいるでしょ。これは何を？」

なんとなく認識している人は多いと思いますが、春になりたての鶯は上手に鳴けないいんです。練習不足のせいと思われがちですが、実は！　日照時間。春に向けてだんだん日が伸びてい

ウグイス

春から夏にかけて、オスはよくさえずる。しかし、低木や笹藪《ささやぶ》などの茂みに生息するため、姿を見ることは少ない。低地の河川敷から高山帯までの広い範囲に分布する。多雪地や寒冷地では冬季は見られなくなる。

写真・解説／西　教生

くと、その変化を体で感じとり、ホルモンバランスが変わることで美しい声で鳴けるようになる。そういう仕組みになっているんです。

いつき **「はー、知らんことばっかりですね。地球と生き物は本当にちゃんと手を繋《つな》いで生きてるんですね」**

さらに春になりたての頃の鶯は、なんとなく籠《こも》ったような声、薄い膜で覆われたような声で鳴きます。春真っ盛りの鶯が「ホー、ホケキョッ!」と歯切れよく鳴くのに対して……。

ホォ――オ、、

ホケケチョ

これを「深き水」と表現しているとすれば、水を入れてピヨピヨと音を出す水笛の感じにも似ているかもしれません。

いつき **「あー、なるほど。最初の印象では、『深き水の如』って、鳴き終わったあとの静けさの方を言いたいんだろうなと思った**

んです。でも文脈からしたら音そのものですよね。くるんだような水笛の音が聞こえてきて、今納得をしました」

この音の捉《とら》え方は、私にとってもすごく新鮮でした。舞台で鶯を鳴くときの気持ち作りにも繋がりそうで楽しみです。

時鳥《ほととぎす》

谺《こだま》して山ほととぎすほしいまま　杉《すぎ》田《た》久女《ひさじょ》

ほととぎす声横たふや水の上　芭《ば》蕉《しょう》

名前はとても有名ですが、鳴き声はほとんど知られていない時鳥。夏井先生にも時鳥の印象を聞いてみました。

いつき「時鳥の声を認識するまでは、時鳥のイメージがあんまり心に入ってこなかったんです。でも自分が、あ！　これ時鳥だ！　と認識したときがあって、それが耳の記憶として残ってから、谺していく音の響きというか、山全体を時鳥が我がものであるかのように鳴き誇るというか。ああ、ほしいままというのはこういう感じで、広々と鳴くんだ。これが私にとっては、すごい大きな時鳥との出会いだったんです」

　久女の句を読み解く上で、谺というのが本当にこだましていたのか、もしくは連続して鳴く様子をこだまに例えたのか。時鳥は、上空をス――っと飛びながら、連続して鳴くんです。聞きなしは「特許許可局」や「てっぺんかけたか」などありますが、「ホトトギス」と聞こえるところからこの名前がつきました。

ホト、トトギス
ホト、トトギス
ホ、トトギス
ホ、ト、ト、ギス

こんな感じです。

いつき**「え？　飛びながら!?　鳴き続ける!?それが芭蕉の句の『横たふや』なの？」**

取り上げた野鳥俳句の中で、私が一番感心したのが、「声横たふや水の上」という表現なのです。水面という真っ直ぐな横軸に対しての、時鳥が飛翔する軌道。この二つが平行をなす美しさ。そこにあ

の鳴き声が聞こえてくる。映像としてもものすごく綺麗《きれい》で感動しました。

いつき「はー。私、この『声横たふや』っていうのが、一番感覚としてわからなくて。声が横に広がっていくみたいな話かなと思ってたんですよ。てっぺんかけたか、って言いながら飛んでいってるわけ!? はぁ」

時鳥が移動していく時間の経過も含めて、光景が見えてきますよね。

いつき「へー。そのお話を聞いて、芭蕉の句は忘れられない句になりましたね」

ほとゝぎすこゝと啼《な》きをはりける

後藤《ごとう》夜半《やはん》

いつき　「もうひとつ聞きたいのは、後藤夜半さんの『こゝこゝ』ってあるでしょ。私の知ってる時鳥の声は、てっぺんかけたかの方なんです。『こゝこゝ』って鳴く？」

時鳥独特の一音一音が丸くまとまった感じの音を表すのに、カ行の「こ」を選んだというのはわかる気がします。でも、五音、六音、重ねないと違和感がある。とっ、きょ、きょ、か、きょ、く。もしくは、てっ、ぺん、か、け、た、か。このように六音構成で鳴くことが多いです。たまにゆっくり鳴いて、ほ、と、と、ぎ、す。と五音。ですから、こここここ、もしくは、

ホトトギス

5月に日本に渡来する夏鳥。夜間もさえずりが聞かれる。おもにウグイスの巣に卵を産み、自分では子育てをしない。河畔林や山地の森林に生息する。秋には越冬地である南アジアなどに渡る。

写真・解説／西　教生

こここここ。この方がリアリティは出てきます（笑）。

いつき「ほー、すごい面白いダメ出し」

夏井先生もここで大笑い。言葉としての音の響きと考えると、四音にする面白さがありますし「啼きをはりける」に着目すると、時鳥特有のスローテンポになっていく囀りのリズムが、こ、こ、こ、こ。鳴き終わりを見事に表現していると、対談後しばらく経ってから感心させられました。

水に根のひろがる夜の時鳥《ほととぎす》

夏井いつき

日の出前、日没後、暗闇《くらやみ》の中でも囀る時鳥。夏井先生が詠《よ》んだ夜の時鳥の句についてもお話を伺《うかが》いました。

いつき「これはね、夜に聞こえてくる声がどう考えても時鳥なんだよね。夜に鳴くと知識がなかった頃に作ってるんですけど、夜の時鳥の鳴き声ってものすごく近くに聞こえて、印象深いんです。あの声を聞きながら……水の中に根を持っている草木は、この鳴き声に触発されて根を広げていくんじゃないかしらと。そういう想念の句なので、観察したわけではないんです。でも私にとっての時鳥の音というのは、水の中にある根を引っ張っていくというか、広げていくというか、暗がりの中で。そういう感覚の声だなっていうイメージです」

夜の世界がもっている独特な音の響き。時鳥の声から草木の根へと発想を広げていく感性。観察によって見えてくるものがあれば、観察によって見えなくなっていくものもあるのではないか。私が俳句と出会ってから度々考えさせられる言葉の可能性の大きさ。実に興味深いお話を聞くことができました。

雷鳥《らいちょう》・赤翡翠《あかしょうびん》・鵤《いかる》

雷鳥もわれも吹き来し霧の中

水原秋櫻子《みずはらしゅうおうし》

野鳥俳句の対談と聞いて密かに楽しみにしていたのが、標高二千メートルを超える高山地帯に生息している雷鳥です。鳴き声の句があるかと思いきや、

いつき「私、一生懸命に探したんですけど、本当に見つからなくて」

というお返事。確かに出会うことすら難しい印象があります。

ところが富山県の室堂《むろどう》などは電車とバスで山頂近くまで行くことができ、私はその室堂にある「みくりが池」周辺で念願の初対面を果たしました。写真（195ページ）を見ると真冬のようですが、観察したのは五月中旬を過ぎた頃、室堂はまだ銀

世界です。雄同士が縄張り争いをして雌とペアになっていく時期なので、頻繁に鳴いてくれます。低く濁った粒状の声で……。

ア゛ア゛ア゛ア゛ア゛

ヴヴヴヴヴヴ

ア゛ア゛ア゛ア゛ア゛ア゛

いつき「えー、それ鳥!? えー、そこに行ってさ、その声聞いて、みんな雷鳥だと思ってないんじゃない? それは蛙か、聞い

ライチョウ

ほぼ1年を通して、北アルプスや南アルプスなどの高山帯に生息する。高山に生える植物の実や芽、葉などが主な食物。ハイマツの茂みに巣を作る。あまり人間を恐れないため、じっとしていると足元まで寄ってくることがある。手前がオス。

写真/江戸家小猫、解説/西　教生

たことないけどつちのこか、みたいな（笑）」

確かにそう思われてしまうかもしれないですね。ちなみに雷鳥が姿を現すのは曇天のとき。猛禽《もうきん》類に狙《ねら》われる危険性があるので、晴れた日にはまず見ることができません。この「吹き来し」という言葉の解釈を尋ねてみたところ、

いつき「雷鳥も私も吹かれるように来た。雷鳥が霧の中からいきなり現れて、私も同じように吹かれるかのように、みたいな。霧がすごい勢いで動いている。その中で遭遇した。そんな感じですかね」

となるとやはり天候は良くないですから、生態的にも説明がつきます。白い霧の世界からひょいと。

いつき「俳人はもっと科学的に観察しないとダメだよ、とすごい感じてるんですよね。声のストックをもっともっと自分の中に作っていきたい。本当にそう思います」

と真剣に語る夏井先生。雷鳥のあの独特な鳴き声が、俳人の耳を通過したのちにどんな言葉で紡がれるのか。そんな句と出

会える日が今から楽しみです。

赤翡翠足を濡《ぬ》らして帰りけり

後藤克美《ごとうかつみ》

いかる来て起きよ佳き日ぞ鳴きにける

水原秋櫻子

アカショウビン

5月ごろに渡来する夏鳥。渓流沿いやよく茂った森林に生息する。おもに木のウロに営巣し、カエルやサワガニなどを食物にしている。全国的に分布しているものの、観察できる場所は少ない。上野動物園で撮影。

写真／江戸家小猫、解説／西　教生

最後に登場するのは、野鳥に詳しくないと鳴き声どころか姿も名前もマイナーな、赤翡翠と鵤。

赤翡翠は翡翠を二倍くらい大きくしたシルエットで、嘴《くちばし》は鮮やかな朱色、全身が茶褐色のとてもインパクトある鳥です。曲がることを知らないくらい真っ直ぐ飛び、その鳴き声は澄んだ音色を細かく刻み、音階を下っていくように。

キョオ、ロロロロロロ

一度でも見たら、一度でも聞いたら、絶対にわかりますよね。

いつき**「なるほどー。何となく例句だな、くらいの気分だったんですけど、赤翡翠の色合いと大きさと声が情報として入ったら、句が踊りはじめますね」**

ちなみに赤翡翠が食べるのは、魚、沢蟹、蛙、昆虫。食べるものを知ると、今度は水辺が見えてきます。見事に獲物を捕らえたのか、気持ちよく水浴びをしていたのか、まさに句が踊りはじめます。

コーキーヒー、
キイコー、キヒイ

高く澄みきった混じり気のない声で鳴くのが、鵤。聞きなしは、お菊さんが二十四歳、という不思議な設定で「お菊、二十四」が有名です。この句の「起きよ佳き日」は、作者オリジナ

イカル
黄色の大きなくちばしが特徴的。おもに植物の実を食べ、堅い実もくちばしで割って中身を食べる。群れで生活をしている。山地の森林に生息するが、冬季は低地の林などでも見られる。
写真・解説／西　教生

ルの聞きなしではないでしょうか。

いつき「はー、そうなのか。これは秋櫻子さんが、お菊、二十四という声を、こういう風に聞き取ったという理解なのね。なるほど！」

擬音語として鳴き声を句に入れるのはよく見ますが、鳴き声のリズムに意味をのせるというのは面白いですよね。

いつき「いやー。あなたじゃないと気づかなかったよ、これは。へー。秋櫻子さん野鳥の鳴き声をいろいろ聞いてたのかもしれないな。聞いてみないとわからないことばっかりだね。本当に」

鳴き声を知っている人にしか伝わらない仕掛け。うまいですよね。

今回の対談でもいろいろな俳句と向き合うことができました。生き物を知ることで句にこめられた世界の見え方が変わる。共通点はここにあったのではないでしょうか。最後にまた杉田久女の句、「ほしいまま」の話題に。

いつき「『ほしいまま』の後に続く余白が広がってくるというか、あー！　そういうことなんだ、と今日またあの句に対して新たな感覚を持ちます」

さらに話題は深いところへ。

いつき「この久女の句は、たしか英彦山《ひこさん》かなにかに通って、時鳥を聞いて、というものだったと記憶してるんですよ。そして一番最後の五音、下五《しもご》をなかなか思いつかなくて、『ほしいまま』という言葉を見つけたときに、自分の中で腑《ふ》に落ちた。と読んだことがある」

このエピソードを聞くと、ますます時鳥の飛翔に生き生きとした動きを感じられるようになります。

いつき「今までは文字の意味としてしか、理解してなかったのだろうなと思って。音というものがきちんと脳の中で再生されて、そうすると音はぺったんこなものじゃなくて空間の中でいろんな風に響くわけじゃないですか。響きの感じが『ほしいまま』という言葉とやっとくっついてくれた」

夏井先生から嬉《うれ》しい感想をいただきました。またご一緒しましょう。

対談を終えて

夏井いつき

小猫さんと話すのって、なんでこんなに楽しいのでしょう。好奇心の箱が次々に開いていくみたいで、話が尽きないのです。お互いに目的は少し違うけど、小猫さんは音というもの、私は季語というものの特質を捉えるために観察することが好きなんだと思います。

改めて思ったのは、科学的事実は、ふらつきがちな想念の世界に強いリアリティを吹き込んでくれるということです。特に、時鳥の句をめぐる話題に、深い示《し》唆《さ》を頂けました。私にとって「時鳥」は、ますます興味深い季語となりました。

そして、もう一つ。

秋・冬編の対談は私がまとめましたが、春・夏編は小猫さんが担当してくださいました。文才もあるのだ！　と感心。さすがです、小猫さん。

対談訓
その二

曖昧に面白がるべからず！

「生き物は動いて色々な表情を出してくれるから非常に興味深い。時候のようなとっかかりのない季語と違って観察もできるし、連想力も持っているでしょう?」と夏井先生。梟《ふくろう》といえば女神ミネルヴァの使者で知恵の象徴だとか、鹿鳴くといえば妻恋だとか、神話や古典から連想も広がる。それゆえに創作という大義名分のもと、自分に都合のいい方向に引張ってきてしまうこともありがち。「吟行で名前の分からない生き物に出会っても『何々にしとけ！』とかね。木菟《みみずく》かもしれないけど梟の方が合いそう、とか。俳人は乱暴だから（笑）」。けれど実際に、命あるものとして存在する生き物たち。「だから曖昧《あいまい》に作ったり面白がったりするだけでなく、科学的な部分をちゃんと検証しておきたいという思いはずっと持っています」。

そもそも「人間の都合」で季語になった生き物たち。「鶯《うぐいす》が春というのは分かりやすいのですが、私の目線からすると、何故この生き物がこの季節なのかな、と感じる季語も意外に多いです」と小猫さん。「よく鳴く季節なのか、子育ての時期なのか、人の目に触れやすい時期なのか。どのように季語として定着していったかにも興味があります」。熊、猪、兎《うさぎ》、鯨などは、人間が「食べて美味しい」季節の季語。獲り、食べる文化が失われつつある今、夏井先生は「季語の季節を見直そうという議論があっていいはず」とも。

秋・冬編に登場した熊は、校庭や人家などで出くわした姿を詠《よ》む句が年々増えています。その事実から学ばねばならないのは、動物たちの生息地が、人間の生活の変化によって変容を余儀なくされている現状です。「様々な要因が複雑に絡み合っているので、熊はもちろん、野鳥ほか、生き物との距離が近くなることは必ずしも喜ばしいことではないんです」と小猫さん。海外から持ち込まれた鳥が野生化し、日本に昔からいる、季語になっている鳥たちの生息域と重なる事例も問題化しています。「生き物の季語について、一つ一つ生態を教えてもらったり考えたりしながら、科学の部分と俳句の部分をぶつけていくことを、今こそやらないといけないかもしれない。俳人として、事実を知って吸収していく必要性を改めて感じました」と夏井先生。気候変動や外来種の問題が、想像以上に「季語の生き死に」に深く影響していると学んだ今回の対話。生き物の季語と向き合うには、まずその現状を知ることから！（文・編集部）

夏井いつき（なつい・いつき）

１９５７年、愛媛県生まれ、松山市在住。俳句集団「いつき組」組長。藍生俳句会会員。８年間の中学校国語教諭経験を経て俳人に転身。全国高等学校俳句選手権大会「俳句甲子園」の創設に関わるなど、「俳句の種まき」活動を積極的に行なう。ＮＨＫ Ｅテレ「ＮＨＫ俳句」２０１６〜２０１７年度選者や、「プレバト!!」（ＭＢＳ／ＴＢＳ系）をはじめ、テレビ・ラジオ・雑誌・新聞・ｗｅｂなどの各メディアで活躍。１９９４年、第８回俳壇賞受賞。２０１５年から俳都松山大使。２０１８年、第44回放送文化基金賞受賞。２０２１年、第72回日本放送協会放送文化賞受賞。「夏井いつき俳句チャンネル」はYou Tubeチャンネル登録者約７万人に迫る勢い。著書に『ＮＨＫ俳句 夏井いつきの季語道場』他多数。

ＮＨＫ俳句
夏井いつきの俳句道場

二〇二一年六月二〇日 第一刷発行
二〇二二年一月三〇日 第三刷発行

著者 夏井いつき

発行者 土井成紀
発行所 ＮＨＫ出版
〒一五〇-八〇八一
東京都渋谷区宇田川町四一-一
電話 〇五七〇-〇〇九-三二一（問い合わせ）
〇五七〇-〇〇〇-三二一（注文）
ホームページ https://www.nhk-book.co.jp
振替 〇〇一一〇-一-四九七〇一
印刷 大熊整美堂
製本 藤田製本

Printed in Japan ISBN 978-4-14-016282-8 C0092